DOS QUATRO NENHUM SENTOU À CABECEIRA

Editor: Eduardo Lacerda

Assistentes editoriais: Amanda Vital, Angélica Marques, Gabriel Santana, Içara Bahia, João Vitor Nascimento, Rafael Arms, Ricardo Escudeiro

Capa, projeto gráfico e diagramação:
Alessandro Romio | Instagram: @romioland

Administrativo e comercial: Pricila Gunutzmann

Assistente Administrativo: Sofia Fernandez Gunutzmann

Expedição: Sheila Gomes

Eventos: Flavio Rodrigues

Catalogação na publicação
Elaborada por Bibliotecária Janaina Ramos – CRB-8/9166

L336d LaRubia, Peter

Dos quatro nenhum sentou à cabeceira /
Peter LaRubia. – São Paulo: Patuá, 2025.
148p.; 16 X 23 cm.

ISBN 978-65-281-0079-8

1. Romance. 2. Literatura brasileira.
I. LaRubia, Peter. II. Título.

CDD 869.93

Índice para catálogo sistemático
I. Romance : Literatura brasileira

Editora Patuá – Livraria Patuscada
Rua Luís Murat, 40
Vila Madalena – São Paulo – SP
(11) 96548-0190
editorapatua@gmail.com
www.editorapatua.com.br

DOS QUATRO NENHUM SENTOU À CABECEIRA

Peter LaRubia

PATUÁ
EDITORA

Sumário

Entre as coisas humanas que podem nos assombrar,
vem a força do verbo em primeiro lugar.

Raduan Nassar, *Lavoura arcaica*

19. O jantar

Dia 36, contados da separação. Isabel convida Saul, seu ex-marido, para jantar. Também os filhos, Benjamim e Rebeca. Os quatro. Reunidos e apartados pela precariedade da mesa de madeira frágil. Ao final da refeição, Isabel levanta-se. E ela, que palavra alguma disse há 72 dias, repete a mesma frase duas vezes e do bolso do casaco que foi de Benjamim saca um revólver e aponta a própria cabeça e atira.

ANTES:

1. As duas árvores

Isabel só gozava de olhos fechados. Fechada em si. De olhos fechados concebia o mundo. Concebeu Isaque. Pensar nele injetava sal em cada fluido do corpo. Culpa, tempero pra dor. Que fazia Isabel dilatar mais a boca e contrair mais os olhos. Fechada em escuridão, Isabel-árvore. De madeira frágil. Os braços, mãos e dedos eram galhos esticados quase tocando um céu de estrelas. Isaque, a serpente. Deslizava o corpo de Isabel em espiral robusta. Isaque sussurrava. Comprimia e relaxava. Compassava a respiração. Esmagava Isabel: carne, costelas, coração e pulmão. Isaque. Ele segredava verbos incompreensíveis. Num idioma absurdamente claro. Versos de uma música langorosa. Música de ritmo crescente. Isabel passiva Isabel agressiva, respondia aos versos em terça dissonante, fazendo coro ao canto. E quando em sussurros mais acelerados a serpente lhe invade pressionando úmida o fundo da base de seu tronco Isabel crava os dedos nas costas de Saul com unhas que lhe marcam fendas e aperta o peso do marido contra si impedindo que ele se mova ou veja seu rosto e Isabel abre os olhos e permanece encarando o teto sem estrelas.

O orgasmo se esfarelou.

Não conseguia encarar Saul. Aquele sorriso condescendente. De dentes expostos. De olhos bentos e inseguros. O mesmo sorriso de sempre. Ela sabia. O mesmo que conquistou Isabel. Um sorriso que não julgava. Que não pedia. Que deixava tudo sempre num silêncio confortável. Que ela achava meigo, transparente e que dava vontade de abraçar e guardar. O sorriso não mudou. Ela mudou? Como algo que a confortava por dentro agora causava quase uma repulsa? Era justamente aquela insegurança de Saul que fazia Isabel se sentir segura. Não queria que isso mudasse.

Apressou-se ao banheiro. Nos pés descalços a poeira do chão da casa formou delicada casca. Da segunda gaveta do armário puxou o pequeno recipiente de plástico com muitas divisórias. Tirou um comprimido metade verde, metade branco. Prozac. Pôs na boca. Com a mão em concha bebeu água da torneira. Tirou a roupa. Abriu o chuveiro até o final entrando de uma só vez na água gelada. Tremeu o corpo todo até sentir a pele anestesiada. Acariciou a barriga. Talvez tivesse dado certo daquela vez.

Gostava do banho solitário. Mas Saul se juntou. Ritual do banho pós-sexo. Para dar sorte. Para não desafiar a sorte. Para dar certo daquela vez. Ele estendeu e recolheu a mão na água gelada. Isabel soube que o marido queria falar alguma coisa. Alguma coisa além do habitual. Quando ele sorriu aquele sorriso. Era sempre assim, um riso frouxo sem explicação. Mas podia apostar sua cabeça que Saul daria voltas em torno de assuntos frívolos e terminaria por não dizer o que queria. E pediu em silêncio que assim fosse. Não aguentaria ouvir de novo que talvez tivesse dado certo daquela vez. Já tinha dito aquilo dentro de si e o autoengano é mais eficiente.

Mas ele falou. Não que daria certo. Falou algo muito além. E a vida tropeçou em câmera lenta. Calafrio perpassou o corpo de Isabel. As paredes, o basculante, o vidro do box e o chuveiro pareciam ter sumido. Sobraram os lábios do marido se movendo. Ele estava repetindo. Praticamente as mesmas palavras. Isabel lembrava, ela própria já havia dito tudo aquilo. Há mais de um ano. Não só a ordem da argumentação era a mesma, mas também os termos, as expressões e as frases. E o sorriso, aquele sorriso, que dizia: me ame porque estou falando o que você quer ouvir e estou dando o braço a torcer e estou concordando com a adoção de uma criança.

Saul terminou. E aguardava a resposta. Esperava de Isabel um sorriso largo e olhos perplexos em admiração.

O corpo de Isabel. O rosto de Isabel. Foram muito bem treinados em décadas de esmero. Aprendeu na convivência com a mãe. Se pudesse deixar a mãe feliz então estava feliz. Aquela mãe que preenchia toda a casa com seu espírito, seu corpo, sua voz e seus olhos. Isabel habitava até hoje a mesma casa. Herança física aprisionando Isabel e suas memórias. De onde Isabel não conseguiu fugir. Onde a mãe ainda habitava. Aquela mãe que parecia vigiar constantemente a menina Isabel. Por isso Isabel treinava seu rosto. Tudo se resumia ao rosto. O corpo, este bastava que não tremesse. O rosto: queixo, boca, bochecha. Nariz e olhos. Sobrancelhas, testa e orelhas. Assistia filmes. Decorava reações. Ensaiava. Ainda assim a voz da mãe parecia preencher o interior de sua cabeça. Enxergava Isabel de dentro para fora. Quanto mais dominasse suas reações, mais feliz estaria a mãe, e mais segura estaria Isabel. Quanto mais fechada, melhor.

Sob a água gelada do banho não havia sorriso largo ou olhos perplexos de admiração. A geografia de seu rosto permanecia inalterada. E não demonstrar a alegria esperada pelo marido injetou culpa no sangue. Alastrando no corpo. Escorrendo ácida no fundo da língua. Isabel já havia decretado para si mesma que o assunto da adoção estava enterrado. Nunca conseguiria convencer Saul. Na verdade, nunca deveria ter trazido o assunto à tona. Mas agora Saul estava fazendo um exercício que transformava o próprio orgulho em cinzas que ele oferecia numa urna. E nem ao menos um sorriso de agradecimento ela conseguia dar em troca.

A adoção tinha sido sugestão de Isabel. Há mais de um ano. Quando depois de meses tentando engravidar admitiu que talvez sua ideia de uma vida completa não estivesse reservada para ela assim como acontecia a milhões de pessoas. Aprender a ser grata pelo próprio Destino foi um dos segredos de sua prosperidade. As Cartas e os Números mostravam isso. Então, talvez adotar fosse uma opção digna. A vida real nada tem a ver com felicidade. E mais, pressentia que Saul estivesse esperando por essa sugestão. Se fazia Saul feliz, fazia Isabel também. À época, Saul pareceu nem ouvir. Ao não dar resposta, ele enterrou o assunto. Agora o marido retomava aquela ideia. E estar grata por ver Saul ceder em um tema já talhado em pedra e esquecido era a solução óbvia para alcançar a satisfação que lhe cabia.

Porém, havia algo. Isabel nem ao menos conseguia perceber que pensava. Ou talvez conseguisse. Algo soterrado na inconsciência: ao optar pela adoção ela abandonaria de uma vez por todas a oportunidade de gerar uma criança no próprio ventre.

E ela sabia que o problema da infertilidade não era dela. Não podia ser. Podia?

Bastava que eles fizessem os testes. Por que nunca conseguiram conversar sobre *esse* assunto? O culpado faria o tratamento. E pronto.

No entanto, essa linha de pensamento sempre levava aos mesmos dois medos: *E se a culpada fosse ela? E se pra ela não houvesse tratamento?*

Abraçou o corpo todo do marido. Afundou o rosto no peito cheio de sabão. Murmurou:

Saul.

Sim.

Eu gosto de ficar assim.

Você tá chorando?

De alegria.

E nada mais disse. Apertando o corpo e o rosto contra aquele homem que a abraçava. Depois pegou o xampu. O xampu anticaspa de perfume azedo. Dedicou muito tempo aos cabelos de Saul fazendo espuma transbordar pelas costas e pelos ombros e pelas pernas e vendo a espuma escorrer pelo ralo.

Isabel abre a tampa da caixa anecoica empoeirada de madeira dura e deita-se no fundo acomodando-se a um espaço menor que seu corpo e num trabalho contorcionista fecha a tampa. Uma tampa com saída para respirar.

Saul acabou de transar com Isabel. Pensava no pai. Na estória sobre a árvore seca. A única vez que o pai lhe falou por mais de trinta segundos. Saul guardou cada uma daquelas palavras num compartimento especial. Nunca a repetiria a ninguém, apenas uma vez, para Benjamim. Tinha medo da parábola. Soava como um texto apócrifo desenterrado sem a permissão divina do altar de um ádito esquecido.

Tentou apagar aquele texto. Várias vezes. Mas as sentenças ficavam ainda mais incandescentes. Como o neon de um puteiro para o qual não quer olhar, mas diante do qual não consegue virar o rosto. Uma aranha esmagada no livro. Um acidente de carro. Uma ferida aberta. Um ressentimento.

A árvore não tem folhas então não dá sombra. Os pássaros não vêm até ela porque, castrada, não tem flores. Não há frutas então não existem sementes. Permanece só. Todo seu corpo é madeira petrificada em tronco de rocha e galhos retorcidos. Suas raízes são mãos esqueléticas de unhas sujas e extensas que se agarram ao solo seco. Ela não pode morrer porque não está viva.

Nunca soube o que motivou o pai a contar a passagem. Mas carregava a imagem nítida de olhar para o alto. A luz do sol muito forte cegando seus olhos. O contorno do rosto do pai obscurecido pela sombra. Aquela cabeça enorme. Os pelos periféricos da barba cintilando fiapos de luz. Tentava enxergar o movimento dos lábios, mas o rosto estava sugado pelo breu, a voz vinha da cabeça toda.

Muitas vezes depois racionalizou que o pai tinha tentado ensinar algo. Talvez a importância do cultivo da terra. Ou da passagem do conhecimento de geração para geração. Mas entendeu com o tempo que o pai era um idiota. Não seria capaz de abstrações profundas. Sabia disso agora com a dor que essa revelação carrega. O certo é que tivesse ouvido no trabalho e precisava de alguém como ouvinte. Qualquer alguém. Talvez quisesse Saul para interpretar a parábola. Só não tinha coragem de pedir ajuda. Talvez. Não importa.

Tudo isso era irrelevante. O significado não importava. O que fazia aquelas palavras grudarem-se ao fundo do cérebro é o fato de terem sido – fora xingamentos, grunhidos e imprecações – as poucas frases que o pai lhe havia dirigido em toda existência. De resto, a convivência foi pavimentada por silêncio seco e empoeirado. Quase confortável em todo o seu desconforto.

O sexo foi mecânico. Mas ele gozou. E tinha certeza de que Isabel também. Saul pegou o celular, olhou as horas, verificou as mensagens, abriu o navegador da internet. Havia onze abas abertas sobre adoção de crianças. Abriu a primeira, revirou os olhos, desistiu. Fechou as abas. Bloqueou o celular.

Seu pai já estava morto. Não saberia da adoção. Não havia com o que Saul se preocupar. Aquele seria um neto legítimo. Não um arremedo artificial ou uma saída fácil. Daquelas que Saul sempre arranjava na vida.

Foi atrás de Isabel. A poeira do chão da casa grudava na sola dos pés.

A água descia grossa e gelada. A pele de Isabel era lisa. Saul poderia passar horas ensaboando a esposa. Demorou-se com as palmas esticadas sobre o ventre dela, em movimentos circulares. Os banhos eram bons. Ritual que ainda rescendia aos primeiros dias do casamento. Saul só precisava seguir os ritos e não sua mente. Mas se perdeu na antecipação do que queria dizer quando veio ao banheiro. Ansioso, as mãos vagaram indelicadas sobre a barriga de Isabel. Ela se afastou bem de leve e sorriu. Saul não sorriu de volta. Sua respiração acelerando, o rosto se fechou. Ela notou, mas fingiu que não. Ele percebeu.

Não queria deixar o ritual se perder, mas ele já escorria entre os dedos. Perceber só fez escorrer mais rápido.

Isabel passou a ensaboar a barriga do marido. Tentava recuperar o fio do momento que se esvaía. Mas Saul já estava longe. Ela fez um gesto vago com a cabeça. Soltou um sorriso muito miúdo que poderia ser uma pergunta se estava tudo bem ou um simples olá. Saul despertou e se agarrou àquele gesto. Tão suave. E, mesmo lutando contra si, disse, não o que gostaria de dizer, mas o que pensava que ela gostaria de ouvir. Contou sobre as pesquisas. Métodos de adoção. Instituições. Documentos. Perdeu-se em detalhes burocráticos desimportantes deixando completamente de fora o que sentia sobre tudo aquilo. O chuveiro aberto, a grossa ducha de água gelada que caía, esquecida. Isabel escutava. Palavras rápidas que tentavam não se atropelar. Saul ouvia o som da própria voz, cada sílaba. Não que as frases soassem decoradas, só não pareciam estar saindo de sua boca. Falar era um alívio e ao mesmo tempo um novo peso. O rosto de Isabel era um mapa onde Saul procurava ler os efeitos de sua voz. Cada esgar de olhos, cada contração dos lábios, cada levantar de sobrancelhas indicariam se estava no caminho certo. Seu objetivo: sorriso amplo e olhares de admiração.

Terminou. Esperava que suas palavras transformassem não só o rosto da esposa, mas a casa inteira, em algo iluminado, uma fonte de luz, como ele julgava ter sido um dia. Isabel levou a palma da mão ensaboada ao rosto do marido. Para Saul aquela palma tinha o frio de um mármore. O brilho nos olhos dela pareciam estar lá, mas seu rosto nada dizia. Uma lágrima escorreu. Ela disse que estava chorando de alegria. Mas ele teve certeza de que era mentira. E nada disse. E guardou a reação ingrata da mulher em sua caixa de rancores, entre as costelas.

Deitou junto a Isabel. Viu a tampa de madeira se fechando. Uma tampa com saída para respirar. Ainda assim, uma tampa. Devagar. As dobradiças de metal rangendo baixinho. A poeira acumulada no fundo da caixa anecoica chamando um espirro que nunca vinha. Acomodavam-se no desconforto.

Do fundo do silêncio Isabel puxou uma Carta. A Torre. Em posição correta: *Necessidade de encarar a realidade. Apego excessivo a modos arcaicos de pensamento; vaidade e orgulho em demasia.*

2. O menino Benjamim

Uma sala pequena e abafada. De paredes rosa-chá de tinta descascando. Um chão muito áspero de infinitésimos grãos de areia sob os sapatos. Isabel e Saul esperavam. Saul apertava no colo a bolsa de couro. Sentados em cadeiras escolares, joelhos na altura do peito. Outros assentos se espalhavam em círculo. Uma estante cansada se ancorava na parede. Livros infantis se enfileiravam pela cor da lombada, arco-íris que ziguezagueava até o chão. Murais mostravam desenhos em folhas A4. Retratos de mãos infantis: flores, casas, montanhas, árvores, sóis e pessoas-palito de mãos dadas, ou não. Isabel estendeu a sua para Saul. Seca, perfeitamente lisa, quase crespa. A do marido escorregava de suor. Ele sorriu se desculpando. Ela sorriu de volta. Apertou seus dedos. Dois alunos constrangidos, perdidos em ansiedade sólida.

Antes de sair de casa não encontravam a chave do carro. Todos os lugares óbvios e incomuns vasculhados. Adveio à cabeça de Isabel: era um sinal. Quis perguntar se ele preferia desistir. Se o marido dissesse que sim, ela pressentiu que se sentiria aliviada. De alguma forma. Mas Saul encontrou. No bolso. E ela compreendeu que isso foi bom. Uma resposta do Destino. Não gostaria de ter perguntado. Ele não responderia. E ficaria ainda mais impaciente. E os dois repetiriam a situação em que tentavam adivinhar o que o outro queria. Sem nunca conseguir.

Nenhum dos dois queria realmente estar naquela sala de orfanato.

Depois de semanas pesquisando. Depois de meses aguardando as vias oficiais. Amontoou-se desengano e frustração. Calvários de areia. A dificuldade na adoção devia ser uma constatação do Destino: Não mereciam. Não estavam preparados. Nunca seriam pais de verdade. Tinham iniciado uma diligência impossível em busca de uma meta inalcançável. Papelada, documentos, entrevistas, idas e vindas e espera. Espera. Mas acima de tudo: o Julgamento. Juízos de valor muito mal encobertos em cada olhar. Cada assistente social, cada médico, cada funcionário. Um julgamento que o casal transmutava em angústia. Inidentificável. Cada dia mais abafadiça.

Por causa dessa angústia. E por causa da mudez grudada a ela. Não conseguiam ver a adoção alternativa como um desvio ilegal. Não queriam estar ali, mas a Lei era insuficiente. Contornavam por saída menos dolorosa. Atitude natural. Como recolher o pé que acabou de pisar num prego. Tráfico de crianças: apenas o fantasma do som dessas palavras percorreu a casa deles, nunca as palavras. Estavam se protegendo do olhar e da cobrança do mundo. Seriam seu próprio mundo. Tornavam o ato íntimo. Porque era um ato íntimo. Mais íntimo impossível. Mas também, caso falhassem, garantiam a ausência de testemunhas.

Tudo isso era verdade. Houve a dificuldade das vias legais. Houve o olhar de julgamento dos outros. E houve a incerteza do casal em bancar o desejo pela adoção. Mas, talvez tudo não tenha passado de uma desculpa para Isabel reencontrar Isaque, e cobrar sua dívida.

Isabel não se questionou nem se censurou com a resolução imediata (e, claro, por que não dizer óbvia?) de procurar Isaque. Quando perceberam que não teriam a resistência física e mental. Que não teriam aferro para suportar a dor e a cobrança do processo por meios oficiais. Isaque era o nome evidente. Primeiro, ele era sócio de uma ONG ou instituição privada ou orfanato que atendia crianças em estado de desamparo; Segundo, Isaque era capaz de conseguir qualquer coisa dentro dos trâmites padrões, ou não; E terceiro, o amigo lhe devia. E não poderia alegar inconsciência da dívida. Seria uma reparação poética ao que havia retirado de Isabel.

Passos no corredor se aproximaram depois se distanciaram. Gritos distantes de crianças brincando numa quadra preenchiam vez ou outra o ar lá fora. Outros passos surgiram aumentando em volume até parar. Isaque girou a maçaneta e apareceu na fresta.

Você tá bem? – Olhava para Isabel com um tipo agradável de espanto: ela continuava a mesma. Só depois notou Saul.

Pediu desculpas pela demora abrindo o sorriso assim como a porta. Tinha os dentes muito brancos, Saul observou. Quase brilhavam. Um brilho que fez Saul comprimir os olhos. Tão artificiais. Impossível não notar. Parecia condensar todo ele: Seus cabelos penteados, a roupa alinhada, a pele sem marcas e a voz empostada, firme, simpática e intransigente.

O casal o acompanhou sem ser chamado. Atraídos. Pelo basculante lateral, uma densa luz branca de sol. Folículos de pó rebrilhando em diagonal. Revelando a poeira invisível que impregnava tudo. Saul levava a bolsa de couro à tiracolo. Apertada contra o corpo. Sentia o peso do conteúdo.

Isaque se virou:

Estamos muito perto de conseguir.

O brilho do sorriso. Os olhos. Isabel lembrou-se da mãe de Isaque. Do bordão: um par de olhos verdes consegue qualquer coisa, imagina dois pares. Foi uma lembrança que escapou em voz alta e dissipou-se no ar. Isaque olhou para trás e sorriu com a lembrança.

Isa e Isa – As sobrancelhas erguidas perguntavam se ela lembrava.

Isabel meneou a cabeça e se fechou. Saul notou sob a luz clara que se derramava no corredor: olhos de Isaque e olhos de Isabel. Os mais claros que já tinha visto. Tão cristalinos à luz solar dura que Isaque parecia cego. O exato tom verde de Isabel. Esmeralda, translúcidos, felinos. Idênticos como fossem irmãos. Conexão remetida à infância. Ou antes disso. Ligação primeva. Uma que Saul nunca teria com a esposa. Saul foi atravessado pelo pensamento de que se a Isabel e Isaque tivessem um filho, seus olhos seriam os mais verdes já existentes. Foi o que pareceu a Saul enquanto ouvia bordões da juventude. Enquanto suportava o desfile de piadas internas. Como se o último encontro se tivesse dado, não anos atrás, mas no dia anterior.

A frase da mãe de Isaque era fato pela metade. Ao contrário do filho, Isabel nunca havia pedido nada. Duas mulheres que orbitaram o corpo de Isaque. Pedidos dele sempre atendidos.

Aos olhos de Isabel, Isaque continuava o exato mesmo. Nem ruga, nem fios brancos. Pelo telefone, só com a voz para guiar a memória, não foi capaz de reconstituir o passado com nitidez. Pelo contrário, ouvir a voz de Isaque fez a realidade soar inconsistente. Avançou pela última semana como se por um nevoeiro. Mas agora, com voz, sorriso, perfume e aperto de mão, o passado desabou feito chuva repentina. Foi aquele mesmo homem. Composto por aqueles mesmos elementos. E emoldurados pela perpétua aura de confiança que convenceu Isabel. Sem muitas dificuldades. A única saída para o dilema que enfrentavam na época era optar pela liberdade dela. Era exercer seus direitos de mulher emancipada. E não se prender a convenções medievais. Ela contava apenas quinze anos. Havia toda uma vida futura para cometer erros e para aprender com eles e só então decidir por um passo tão crucial quanto a maternidade. É claro, a decisão final seria dela e ele apoiaria qualquer que fosse. Estava apenas expondo fatos e iluminando o assunto. Foi nessa época que Isabel conheceu as Cartas e elas disseram o mesmo que Isaque. Numa leitura por três: O Imperador em posição invertida; A Temperança em posição correta; e O Eremita em posição correta. Passado, presente e futuro claramente expostos. Bem à sua frente. E depois desse dia ela viveu pelas Cartas.

Com quinze anos o olhar de Isabel mirava ainda mais os próprios sapatos. Sua voz ainda mais baixa. Foram pedir dinheiro à mãe de Isaque. Dinheiro para o procedimento. Isabel sempre pensou nesse termo: procedimento. Não conseguia pensar na outra palavra. Nem naquela época, nem hoje. Foi a última vez em que a mãe de Isaque usou o bordão. Mas não foi a última em que ele funcionou. Aqueles olhos verde-água tão abertos. Mais uma vez a jovem senhora se observou cedendo ao filho, enquanto aquela menina tão bonita, que a lembrava muito a si mesma, observava em silêncio. E corroborava com tudo o que o namorado dizia.

Quando todas aquelas lembranças invadiram seu corpo achou por um segundo que não suportaria, mas tudo se deu exatamente ao contrário. Ao ouvir que eles estavam perto de conseguir a adoção, não sentiu tontura. Antes, percebeu em Isaque uma ferramenta em sua vida. Um Arcano fundamental em seu crescimento. E sorriu de volta para Isaque e apertou firme sua mão mesmo que aquele aperto fosse o mesmo que ele tinha dado quando ela se despediu na sala do apartamento de um dos muitos conhecidos de Isaque, um que tinha acabado de se formar em medicina. E enquanto ela olhava para trás garantindo que Isaque continuava olhando para ela e tentando se convencer de que ele não iria embora, sentia o chão do corredor muito duro sob seu tênis e o ar do corredor muito espesso e fedido a formol e a porta de um quarto se abriu e uma mulher sorriu e pediu para que ela entrasse e Isabel olhou mais uma vez através do corredor, mas não era mais possível ver o rosto de Isaque que tinha recostado o corpo para trás no sofá e Isabel apenas avistou o sapato preto dele batendo a ponta do pé repetidas vezes no chão.

Isaque sempre soube o que era melhor para Isabel. Esse tipo de conforto deixava Isabel incomodada. Era como se ela nunca fosse capaz de estar à altura dele. Quando conheceu Saul encarou a indecisão constitutiva dele como sinal de delicadeza. Sua ausência, como respeito. E a fraqueza como força. A transição de um homem para o outro era um sinal de equilíbrio cósmico. Com Saul experimentava a satisfação de um martírio. Pagava o carma de não ter sido capaz de manter Isaque. Sabia muito bem que felicidade nada tinha a ver com vida real. Estava satisfeita.

A sala da diretora da instituição mal comportava os quatro. Um ventilador de teto girava muito devagar. Suas rotações marcadas por um ruído metálico. Quase hipnótico. Inútil. Só espalhava um vapor afogadiço. Uma poeira muito fina acomodava-se nas prateleiras, na mesa, no chão, nos livros e em tudo que compunha aquela sala, até mesmo nas pessoas.

Isaque permaneceu de pé. Havia duas cadeiras para visitantes. Uma pequena mesa. Antiquada. De madeira e ferro. Amontoados improváveis de pilhas de papel. A mulher sentava-se na terceira cadeira. Vestia um tailleur rosa-chá. Mesmo tom das paredes da sala, Isabel pensou sem pensar. Blusa branca de seda. Calças de linho como o terno. Sapatos novos. Salto muito alto. Seus cabelos perfeitamente puxados para trás e amarrados num rabo de cavalo. O pó compacto anediava o rosto. A boca ficava maior com o batom vermelho. Os olhos maiores com os cílios postiços. O perfume era presente, agradável e cítrico. A coluna sempre ereta. A mulher postou um dos montes de documentos no chão. Estendeu a mão para cumprimentar, primeiro Saul, então Isabel. Demorou com os dedos gelados de Isabel apertados na palma da mão. Os dedos da mulher longos de unhas vermelhas compridas. Ela girou a palma de Isabel para cima. Vergou o corpo para frente. Comprimiu os olhos. Depois ergueu as sobrancelhas. Enquanto a mão esquerda segurava firme o pulso de Isabel. Mais firmeza que o necessário. Ela sorria nos cantos da boca. Os olhos escurecidos deslizavam sobre aquela palma seca. Como se procurassem nas linhas e reentrâncias a lógica da hidrografia de leitos secos ou a saída do labirinto de uma civilização perdida. Os músculos do rosto de Isabel estavam presos num sorriso. Sua mão, antes de dedos tesos, se deixou afrouxar. As pontas dos dedos da mulher resvalaram macios naquela palma. Percorrendo a pele. O braço de Isabel foi atravessado por uma descarga elétrica. O sorriso da mulher se abriu. Cerrou os dedos de Isabel num punho. Ajeitou o corpo de volta na cadeira. Encarava os olhos de Isabel.

Eu sabia. Não podia ser diferente. As linhas de sua mão. Você é uma pessoa escolhida por Deus – limpou o suor que brotou da testa.

Isabel recolheu o braço. Um tanto dormente. Deixou-o pender ao lado do corpo. Sentiu o sangue retornar. Achou melhor pousá-lo sobre o colo. Abria e fechava os dedos. Por sob a mesa. Longe dos olhos dos outros.

Saul sentiu Isaque se movendo atrás de si enquanto observava a mulher sorrir e bater palmas sem som. Apertou a bolsa de couro e ajeitou a perna que começava a ficar dormente. Seu movimento fez a cadeira ranger o chão. Ele pegou na mão da esposa. Seus olhos se procuraram numa fração de instante. Num sorriso ainda mais curto. Apertaram as mãos em busca de segurança. Para fugir das dúvidas. A sala apertada parecia enorme engolindo seus corpos desengonçados nas cadeiras.

A mulher pediu para Isaque aumentar a velocidade do ventilador. Lembrou-se que isso espalharia a papelada pelo chão. Desfez o pedido. Abanou o rosto com as duas mãos. Pediu desculpas. Abriu uma das gavetas num arrastar ruidoso de metal. Tirou um maço de Hollywood. Ao batê-lo na mesa, dois cigarros caíram. Um rolou até se apoiar num caderno. O outro, colocou na boca. Procurou o isqueiro na gaveta remexendo a mão de um lado para o outro. Ruído de objetos rolando uns por cima dos outros, tilintando no fundo de ferro. Então parou. Tirou o cigarro da boca, olhou para Isabel, pediu desculpas mais uma vez. Revirou os olhos balançando a cabeça. Era impossível dizer não para Isaque. Foi a frase que ela disse olhando para ninguém em especial. Com um sorriso contido passou os olhos muito ligeiros no olhar de Isabel. Tentou disfarçar para Saul não perceber, mas ele percebeu. E disse que era fã de Isabel. Não saía de casa sem ler o horóscopo. O escrito por Isabel, enfatizou mesmo sem necessidade. Colocou o cigarro de volta no maço. Burilou mais uma vez a gaveta e trouxe uma cartela de Alprazolam. Apontou para um frigobar na parede. Isaque, como numa coreografia muitas vezes repetida, pegou uma garrafa d'água e encheu o copo sobre a mesa. A mulher despejou um comprimido que afundou na água revirando-se até atingir o fundo.

Eu não costumo tomar durante o dia – repetiu a frase três vezes. Diminuindo o volume da voz a cada repetição. A última quase um sussurro.

Engoliu água e comprimido. Estendeu a cartela, oferecendo ao casal. Eles menearam as cabeças em sincronia. A mulher apontou a cartela para Isaque.

Qualquer dificuldade que vocês estiverem passando, qualquer uma mesmo, Zac consegue um desses aqui, – balançou a cartela e os comprimidos chacoalharam na embalagem de alumínio e plástico – é um paraíso na Terra, tchau estresse, cabeça fica limpa pra raciocinar em paz.

Jogou a cartela na gaveta. Fechou. Respirou fundo alargando o peito e soprou pela boca. Sorriu.

Zac é um anjo. Nem precisa receita. Tudo de primeira linha. Nada de produto pirata. Mas vocês já sabem disso, não é?

O rosto de Isabel não conseguiu sorrir. Suas mãos, secas. Lembrou-se de um filme. Em preto e branco. Visto na juventude. A protagonista era uma atriz que lutava por um papel. Temerosa e esperançosa. Sempre sorria encabulada. Pendulando entre dúvidas e expectativas. Quando conseguiu o papel e as filmagens começaram, viu-se presa em um filme B metido a *cult*. Um curta-metragem estranho do qual tinha pedido para participar, mas que, naquele momento, com as câmeras ligadas, já não tinha mais tanta certeza se valia a pena. Os diálogos dos outros personagens eram incoerentes. E suas falas tinham sido cortadas ou ela tinha esquecido. Não tinha certeza.

A mulher abriu outra gaveta. No lado oposto da escrivaninha. Retirou um maço de documentos que colocou sobre a mesa. De um tinteiro puxou uma caneta Bic. Colocou-a na mão de Isabel. Ela não queria, mas segurou a esferográfica mesmo assim. Os olhos de Saul rastrearam os documentos. Aprumou o corpo na cadeira que rangeu no chão de novo. Aquele arrastar metálico. Cortando tímpano e estômago. Seus braços se apoiaram sobre a mesa. A mão fez que ia se aproximar do maço de papéis. Parou em meio caminho. Retornou. Sentiu os olhos de Isaque queimando sua nuca. Observando. Vigiando. A caneta esquentou na mão de Isabel. Mão atônita. Isabel olhou o marido que olhou para ela. Não sabiam que assinariam documentos. Não conversaram sobre isso. O motivo era claro para ambos. Devia ser para a mulher também. Uma gota de suor esquentou a têmpora de Saul. Pequena, mas relevante. Caiu sobre a bolsa de couro no colo. Seu corpo esboçou se levantar. A cadeira rangeu mais. A mão de Isaque tocou seu ombro. Talvez tenha perguntado se estava tudo bem. Saul pensou ter ouvido uma sirene. De ambulância. Da polícia. Ou só uma panela de pressão chiando. Aquela mão queimava a pele do ombro por sob a camisa. Isabel queria soltar a caneta. Não conseguia. Não assinaria nada. Não é mesmo? Não olhou para Saul.

A mulher enfiou o braço mais uma vez na gaveta. Quase baixou o corpo sob a mesa. Do muito fundo, retirou um livro. Colocou-o sobre o tampo da escrivaninha. Deslizou-o até Isabel. O título era *A constelação das almas*. Abaixo do título, o nome da autora, Clarice Luz. Pseudônimo de Isabel. A mulher pediu desculpas mais uma vez. Pode? Isabel não entendeu. Um autógrafo. Isaque explicou. Sua voz soando na nuca do casal. A mulher passou a palma da mão aberta pela extensão da capa. Virou do outro lado e repetiu o gesto. Bateu uma mão na outra e soprou o resto de poeira.

Seu livro salvou minha vida. E meu casamento também – Sorriu para Saul. Um sorriso que tentava contar o quanto ele era felizardo.

A contracapa do livro dizia: "Um mergulho profundo nos fios que atam os laços familiares. Um roteiro para resolução de conflitos de casais. Um guia para uma vida mais profunda e mais plena."

A caneta escorregou da mão de Isabel. Ela retomou o controle sobre a esferográfica. Abriu o livro na terceira página. Em branco. Esperou, observando o rosto daquela mulher.

A mulher disse seu nome.

Isabel escreveu: "Laços são invisíveis / Seus efeitos nunca são / Agora estamos atadas para sempre / Obrigada." E assinou seu nome. Seu nome real. E completo. A mulher retomou o livro para si. Satisfeita. Devolveu-o à gaveta. Deixou a gaveta aberta. Sorriu para o casal. Primeiro para Isabel. Então para Saul. Saul achou que entendeu. Tirou o envelope pardo da bolsa de couro. Envelope gordo, quase não fechava. A mulher espalmou as duas mãos no ar. Sorriu constrangida. Apontou o olhar para Isaque que indicou a transação para mais tarde, fora da instituição. Não havia pressa, estavam todos entre amigos. Saul levou um momento para entender. Depositou o envelope estufado de volta na bolsa. A mulher fechou a gaveta. O som de metal roçando contra metal cortou a sala então a mulher girou a chave da tranca. De súbito seguiu-se silêncio. Dos quatro ninguém mais nada disse.

O dia lá fora parecia branco demais. Muito claro. Isabel comprimia os olhos. Atravessavam o campo de futebol do orfanato. Campo de chão de terra. Perninhas apressadas correndo atrás da bola levantavam uma poeira fina e avermelhada. Isaque, Saul, Isabel e a mulher vazaram a nuvem de pó de argila. Saul batia as mãos nas pernas das calças. Havia poeira grudada na ponta da língua. Ele tentava cuspir sem ser notado. Os olhos de Isabel, irritados e vermelhos. Olhos verdes lacrimejando pó de barro. Se abriram. O dia todo muito claro. Ela viu:

Uma menina muito nova segurava o bebê no colo. Depois não segurava mais. Uma pessoa segurava. A menina encarou Isabel. De longe. Ela notou. Isabel levou a mão ao rosto. Julgada. A pele das bochechas queimando de repente. Depois não mais. A menina sumiu. O bebê no colo de uma pessoa. A mulher começou a falar. Mas Isabel não ouvia. Procurava a menina que tinha sumido. Saul também não ouvia. Procurava o rosto do bebê. A mulher falava como para preencher um espaço. O vácuo que se formou entre eles e a criança a poucos metros de distância. Como para diminuir a ansiedade do casal. Poucos passos até o bebê. Como para tornar aquele momento natural. Como para preparar o casal. Disse coisas que não tinha planejado. Explanou as dificuldades de adotar uma criança. A angústia acerca da história pregressa. Quem eram os pais? Sofreu maus tratos? Possui traumas graves? Tem doenças genéticas ou adquiridas? Nossa mente nos prega peças e nos abarrota de preocupações como em todo processo difícil de decisão. Mas Isabel e Saul podiam dormir tranquilos. A instituição garantia a procedência das crianças. Os documentos estavam rigorosamente em dia. Eles nunca teriam problemas com os antigos tutores. A saúde do bebê estava perfeita. Ele comia. Dormia bem. Quase não chorava. E todas as vacinas foram administradas. Isabel e Saul tinham mais do que sorte, eles tinham Isaque.

Benjamim. A criança mais linda e perfeita da instituição Sifrá & Puá. A mulher pegou o bebê no colo.

Ele tem olhos castanhos escuros como o seu – apontou para Saul.

As aulas de biologia retornaram muito nítidas à Saul. E a lembrança de um conhecimento que Saul não lembrava que possuía emergiu muito claro: duas pessoas de olhos verdes só podem ter um filho de olhos verdes. Era algo relacionado aos genes, conceitos como recessivos e dominantes. Sim, Saul lembrava, os genes da cor dos olhos de Isabel e Isaque eram recessivos, portanto um filho dos dois obrigatoriamente teria olhos verdes claros. Saul não sabia quem era aquele menino, mas uma certeza acalmou seu corpo ao ponto de se sentir leve, uma certeza estranha, um pensamento intrusivo, e muito aliviante, impossível de ser combatido: aquela criança não era filha de Isabel com Isaque.

A mulher passou Benjamim para Isabel como quem passa um prêmio. Isabel o acolheu em braços desajeitados. Aninhou a criança ao corpo. Tentou fazer dele íntimo. Seus braços começaram a tremer de dentro para fora. O tremor passa para o corpo e para as pernas e Isabel não consegue parar de pensar que aquela criança esteve em algum momento nos braços da verdadeira mãe e ela observa atentamente aquele rosto, as sobrancelhas finas e escassas, os olhos castanhos quase negros como os de Saul, mas também apertados, ingênuos, curiosos, a boca de lábios estreitos, o nariz largo, Isabel tenta recompor o rosto da genitora legítima no rosto daquela criatura indefesa. Apertando aquele corpo diminuto contra si notava um espaço. Um espaço que parecia impossível de preencher. Por mais força que fizesse o menino nunca parecia tocar de verdade seu corpo.

3. A terceira margem da estrada

Retornavam da padaria. Isabel e Benjamim. O menino próximo de completar cinco anos. Observava o mundo. Não pertencia a ele. Era um astronauta exilado num planeta hostil. Terrivelmente exótico e intimidante. Benjamim que nunca disse palavra, nem mesmo "Mamãe". Mas o pediatra garantiu: não era surdo nem mudo. Benjamim encarava cada nova descoberta com um espanto temeroso: os cadarços do tênis que pareciam querer dar nós em suas pernas, o asfalto escuro da rua convidando para um mergulho, os sons de automóveis acelerando, as vozes de pessoas que passavam em suas pernas longas e ameaçadoras.

Isabel. Mãe silente. Que não dava pistas do que Benjamim precisava fazer para agradá-la. Benjamim perdido. Isabel ausente em toda a sua colossal presença.

Eles caminhavam. As mãos paradoxais de Isabel comprimiam os ossos das pequenas mãos de Benjamim. Faziam sua pele suar. O menino acomodava-se naquele desconforto. A dor fornecia os contornos de sua existência. Enquanto a mãe o mantivesse preso, firmemente preso, ele existiria. Não teria medo de desaparecer. De flutuar. De esvaecer naquele mundo estrangeiro. O medo de sumir era pior do que o medo de ter os dedos fraturados. Trocava um pavor por outro menor. E Isabel nunca olhava para aquele país lá embaixo muito distante em que Benjamin caminhava só. E quando Benjamin olhava para o alto observava o rosto da mãe crispado. Ela buscava à força atalhos nas calçadas, nas ruas, por entre tanta gente. Se ele por vezes era arrastado, o braço delicado quase arrancado do corpo, e até sentia a ponta dos pés descolando por fração de segundo o chão, carregado como saco fardo, contentava-se em saber que sua mão ia esmagada e segura (mão esta, presa ao braço, braço preso ao corpo e assim por diante) na mão áspera da mãe e assim por diante. Suportava a dor quase como num prazer.

Para Isabel, por mais que apertasse, nunca teria realmente a mão daquele menino em sua mão. Abismo intransponível entre os corpos.

Precisavam cruzar uma estrada dividida em duas. Estavam no canteiro de concreto que separava as pistas. Benjamim decidiu que devia atravessar, sem motivo aparente, coisa de criança. Algo que avistou do outro lado. Talvez o asfalto escuro que atraía para o fundo. Nem a mãe ou Benjamim saberiam dizer. O sinal estava aberto para os carros e ônibus. O menino manobrou todo o braço para desvencilhar os dedos. Preparando o impulso para frente. Isabel soltou a sacola com pão e leite. Os pãezinhos franceses se espalharam pelo asfalto. Benjamim chegou a pensar que teriam que voltar para comprar mais. Ela agarrou o menino com um braço. Envolveu todo o corpo mirrado dele. Com a outra mão Isabel agarrou a gola da camisa do menino. Em gesto brusco, puxou, marcando de vermelho áspero o pescoço do garoto.

Benjamim de olhos fechados. O corpo entre braços e pernas de Isabel. Apertado. Dentro do peito o coração galopando. Não do susto do perigo. Não sabia que podia ter morrido. Era o susto do puxão. Dos pães espalhados pelo asfalto. Do aperto que Isabel lhe dava. Do modo como aquele corpo quente de mulher apertava o seu inteiro. Era um medo de sentir o coração de Isabel batendo contra seu ouvido. E de ver de tão perto os olhos vermelhos daquela mulher. Medo já se transformando em culpa. As lágrimas escorrendo já eram um pedido de perdão. Aquele rosto. O rosto da Isabel. Não era um rosto. Era um esgarço. Era um grito que não tinha saído. Aquele rosto grudou na mente de Benjamim. Era o desamparo. Era Isabel deitada em seu colo. Um corpo muito pesado. Vergando o pequeno Benjamim. Esse desamparo reconhecido na figura materna como provocado por ele, Benjamim, deu corpo a uma culpa que passaria a perseguir o menino por muito tempo. Era uma culpa por não saber porque ele quis correr, porque ele quis atravessar a pista. Era uma culpa por ter colocado a mãe naquela situação embaraçosa na frente de tanta gente. Era uma culpa por precisar ser salvo de uma situação que ele mesmo criou.

Mas, disso tudo, o que realmente marcou Benjamim foi o que veio depois: a orientação da mãe. Marcou com o brasão da família. Mesmo que o menino não percebesse naquele momento. Ou mesmo que nunca viesse a perceber. Mas ele guardaria muito bem cravado em si a orientação. Aquelas palavras. Isabel ajoelhada. À altura do menino. Quatro olhos espantados refletindo-se.

Ela disse:

Não conta pro teu pai.

Disse, esquecendo-se de que Benjamim ainda não falava.

E repetiu:

Não conta. – repetiu numa raiva que não conseguiu disfarçar. Mais raiva do que medo de ter perdido o menino.

Benjamim sorriu e concordou. O garoto entendeu. De alguma forma entendeu. O objetivo era: não queremos preocupar seu pai sem razão. Não queremos angustiar seu pai sem motivo. Agora já está tudo bem. Agora já está tudo resolvido. Agora tudo é passado. E assim seria. Sempre.

Isabel fechou a porta e se trancou no quarto. Benjamim cobriu o rosto com mãos pequenas. Quase translúcidas. Apoiou os cotovelos sobre a mesa da copa que Saul mesmo tinha construído. Uma mesa de madeira frágil e inadequada. Construção precária da qual Saul tentava se orgulhar. E com a toalha da mesa Benjamim cobriu os olhos. Uma toalha áspera. Sob o olhar dos quadros de Santos na parede da copa. Saul parou de lavar a louça. Colocou o prato sobre a pia sem fazer barulho. Enxugou as mãos no pano de prato. Andou até o filho. Benjamim não notou. Continuava com os olhos sob a toalha. Tentando não ter uma existência visível. Seu pai esperou. Ajoelhou-se. Viu a marca vermelha no pescoço do garoto. Ofereceu água. Benjamim fez que não. Saul encheu um copo mesmo assim. Colocou entre os dedos do menino. Ele levou o copo gelado aos lábios. Os dentes tilintaram no vidro.

Você quer sorvete?

Benjamim assentiu devagar com a cabeça. E continuou a beber.

Saul observou. Esperou Benjamim terminar o copo d'água. Havia derramado um pouco e o pescoço e a gola da camisa umedeceram.

Saul lembrou-se do pai. Mais especificamente do pai contando a história da Árvore Seca.

Saul abriu a porta do quarto. Isabel não olhou para trás. Os dedos arrancavam sonoras batidas do teclado. Uma leve irritação nos ombros. Saul notou. Nada era pior do que ser interrompida enquanto escrevia.

Ben estava chorando – ele disse.

Isabel levou alguns segundos decidindo se continuava digitando ou se dizia algo.

Aconteceu alguma coisa hoje? – Saul perguntou.

Nada demais.

Ele tá estranho.

Ele se assustou na hora de atravessar a rua. De novo.

Ele se machucou?

Não. Não.

Ela retomou a digitação. Saul se perguntou se ela martelava letras aleatórias com os dedos.

Vou dar sorvete pra ele, tudo bem?

Isabel assentiu. E já que foi interrompida, levantou-se. Abriu a gaveta da mesinha de cabeceira. Retirou uma caixa de plástico. Pegou um, dois comprimidos. Alprazolam e Neprazol. Segurou-os com a mão em concha. Abriu a tampa da garrafa d'água com a pressão do polegar e engoliu os comprimidos com um gole. Ela sorriu com cada músculo do rosto e repetiu que sim, estava tudo bem.

Ele enviou outra caixa? – Saul perguntou.

Um-hum.

Que bom. Aquela já tinha acabado?

Sim.

Não era melhor ir no médico?

O remédio é original. Não é pirata. E tem a questão do preço do remédio e da consulta. Além dos nossos gastos com escola, o transporte, os materiais, as consultas dele... Não posso pensar só em mim, Saul. Você mesmo falou que não tinha problema.

Saul concordou. Queria perguntar se o produto chegava pelo correio, mas sabia que sim. Disse que ia para a oficina e fechou a porta tentando não fazer ruído.

Benjamim continuava sentado à mesa. Lábios e dedos manchados de sorvete de chocolate. Saul riu para o filho. Piscando um olho, colocou o indicador em riste à frente dos lábios e fez o som do silêncio. Ajoelhou-se. Passou de leve a mão na marca vermelha do pescoço de Benjamim perguntando se doía. Ele balançou a cabeça em negativo.

Ok – Saul disse.

Saíram então de mansinho. Apenas o ronco do motor do carro entregando a fuga. Que Isabel notou, mas preferiu fingir que não.

Saul e Benjamim retornaram com uma cadela que seria batizada de Milady.

Quando do natal passado, perguntado sobre seu desejo, Benjamim sabia muito bem qual era. Queria uma irmãzinha. Pediu, apontando para a família do filme na TV. Isabel chorou com tanta dor no rosto que Benjamim pensou que ela iria morrer. Naquela noite natalina Isabel tomou seu coquetel de remédios pontualmente antes de dormir. Em dose dupla para melhor garantia. Pílulas que sempre faziam Isabel misturar o real e o onírico por muitos minutos antes de adormecer. Sonhos dentro de sonhos sem nem ao menos estar dormindo. Habitando por um tempo inconsistente um mundo entremundos.

Saul perguntou para Benjamim se no lugar da irmã poderia ser uma cachorrinha. Naquele natal Benjamim não ganhou nem uma coisa nem outra. Ao menos dormiu na cama dos pais como faria também nesta mesma noite do dia em que quase morreu atropelado. A cama acomodando três corpos onde cabiam dois.

4. O gongolo

Gongolo. Esse nome. A boca fazendo bico. A língua enrolando igual ao bicho. Miriápodes elegantes. Passos sincronizados na centena de patas. Sem tropeços. E aquela timidez que encantava Benjamim. O bicho se enroscando ao toque. Parecia que pensava. Parecia que respondia ao contato e sabia que o menino estava ali e notava sua presença e se comunicava com ele.

Benjamim com oito anos. A primeira palavra verbalizada aos seis. Nenhum amigo no bairro. Talvez dois na escola. Assistia documentários sobre animais. Catalogava bichos e plantas no quintal.

Ele gostava de noites chuvosas e dias úmidos. Os gongolos apareciam. Alimentavam-se da morte: madeira podre, plantas em decomposição, pequenos animais putrefatos. Assim como urubus e hienas, incompreendidos; e tímidos. Para Benjamim eram lordes da natureza. A dança ondulada das patas acompanhada por olhos mesmerizados.

Mas Benjamim gostava mesmo de cutucar. Mesmo que lhe causasse angústia. Usava um caule de folha de jeito que não machucasse o bicho. Cutucava leve só para dizer que estava ali. E o gongolo começava a se enrolar. Lentamente. O bichinho se virando de lado, jogando as patas para o alto, enroscando-se sobre si. Não precisa ter vergonha, Benjamim dizia. Sorria e se regozijava com a interação. Esperava o bicho se esticar de volta. Lentamente. Observava os movimentos vagarosos. E cutucava de novo. Mesmo que lhe causasse náusea.

Fazia frio. Benjamim escapuliu para o quintal. O pai no trabalho. A mãe, no quarto, digitando palavras esquisitas. Tudo cinza, úmido e bonito lá fora. Restos de chuva. Só pensava na cidade secreta. Levantou a velha tábua. Minhocas comprimindo e esticando seus corpos deixavam rastro de gosma. Cupins rasgando a madeira deixavam rastro de fuligem marrom. E lá estava ele. Era o maior que já tinha visto. Acompanhava aquele por dias. Milady apareceu, como sempre. Insistia em esfregar a pata como quem quisesse cavar. Metia o focinho gelado e passava a língua como se ansiasse comer o inseto. Mas nunca comia. Parecia querer imitar Benjamim. Tocava o gongolo com a ponta do nariz. Depois encarava o menino com olhos bem abertos. Dava um giro em volta de si. Abria a boca preparando o latido, mas já tinha aprendido que não podia e apontava o bichinho com a cabeça. Benjamim empurrava a cadela de lado. Dizia: muito bem, muito bem. Milady ficava presa entre o dever de obedecer e a excitação de participar da brincadeira. Ela girou mais uma vez o corpo e forçou a cabeça por entre o braço e o tórax do menino. Esticou a pata quase tocando a madeira. Quase esmagando o gongolo. Benjamim empurrou a cadela. Ela titubeou. Voltou. Ele agarrou a coleira. Puxou-a pelo pescoço e prendeu a cadela na corrente. Benjamim afagou a cabeça de Milady. Gostava muito dela. Mas a cachorra era a marca viva de uma lembrança. Do dia em que Benjamim tentou atravessar a estrada. E quase foi atropelado. Benjamim não gostava de lembrar do que sentiu naquele dia. Prendeu a coleira à corrente no canto do quintal. Convenceu-se mais uma vez que ela era apenas um cachorro. Não um irmão de verdade.

Tirou uma folha de singônio. Separou o caule. Verde e duro. Encostou a ponta de leve no gongolo. O bicho girou de leve para o lado como se fosse tombar. Aprumou o corpo cilíndrico. Continuou a caminhada. Benjamim sorriu. Um pouco desapontado. Franziu as sobrancelhas. Cutucou de novo. Um pouco mais forte. O inseto virou de lado. Capotou sobre o próprio corpo. Fez que ia se fechar, mas não se enrolou nem metade, se aprumou novamente e continuou caminhando. A centena de pernas perfeitamente coreografadas, de costas para o menino, se afastando. Benjamim jogou o caule para o lado. Postou a mão no caminho do bicho. O inseto tocou as antenas dianteiras, analisando. Começou a escalar a pele lisa. Benjamim trouxe a mão para perto do rosto. Deslumbrado. Perninhas se arrastavam geladas pela palma. Fascinado e nauseado ao mesmo tempo. Uma angústia que atravessava o estômago como uma linha fina. Apontou o indicador, catucou o bicho. Com mais força do que esperava. O gongolo se enrolou todo e caiu no chão de terra. Os dois num susto. Os dois imóveis. Benjamim estremecido por dentro. Apontou o indicador da mão direita e cutucou de novo. Nenhum movimento. Só aquela espiral preta amarronzada nas extremidades. Com a ponta da unha quis desenrolar o gongolo. Saber se ele estava vivo. A casca dura ao toque. As pernas minúsculas, antes em movimento de balé, não se moviam. Usou dois dedos, um de cada mão, imprimindo mais força. Sentiu algo se rachar. O exoesqueleto. Conhecia o termo. A ponta do dedo umedeceu-se. Um líquido transparente, pegajoso. Angustioso. O susto do irreversível transformado em desespero de consertar o que julgava ter estragado. Tomou o bicho nas mãos. Fez pinça com os dedos. Pegou em cada uma das pontas do animal e puxou bem devagar. O gongolo foi se esticando. Mas no receio de deixar escapar, pressionou mais os dedos da mão direita. A ponta do inseto se esmagou. Deu para ouvir o ruído de esfarelar. O garoto largou o corpo do bicho.

Remexia-se na terra. Tentando firmar patas que não existiam mais. Cambaleou, levantou, caminhou dois centímetros e se enroscou de novo sobre o próprio corpo. Benjamim pousou o animal sobre a palma da mão esquerda. Com o indicador direito acariciava as costas cascudas. Passou o dedo na ponta esmagada. Sentia o pegajoso do líquido que escorria. O gel se concentrou no contorno da unha, invadindo. Benjamim cheirou o dedo. Azedo.

Colocou de volta o animal no chão de terra. Talvez estivesse morto. Talvez estivesse vivo. Poderia ficar ali esperando. Mas logo a mãe daria a falta dele.

Cutucou o animal com mais força. Com a unha. A tristeza se transformando em raiva. A culpa se transformando em raiva. O medo se transformando em raiva. Sua incapacidade de curar o bicho se transformando em raiva. Não poder contar o que fez para os pais se transformando em raiva. Forçou o corpo do inseto. Talvez buscasse uma definição para aquela indefinição. Talvez buscasse um fim para a dor. Dos dois. Forçou o dedo até o bicho se partir em dois. Até conseguir descobrir o que havia no interior do animal. O dentro. O bicho continuou se mexendo mesmo depois de partido. Benjamim se levantou, olhou em volta, certificando a ausência de Isabel. O pedaço de tábua podre Benjamim fechou como tampa por sobre o gongolo. Um corpo agora dois se contorcendo.

Na parede da copa, os quadros: São Miguel Arcanjo matava a serpente com espada flamejante. Ao lado desse: São Geraldo, Nossa Senhora do Ó e Santa Isabel. Esta mais parecia uma cigana, assustava Benjamim. Benjamim não entendia o porquê de tantas imagens. Seus pais não frequentavam igreja. Ele perguntou o porquê. Não lembrava da resposta, talvez eles não tenham dado. Ainda assim, Benjamim foi batizado, fez primeira comunhão e se alimentou do corpo e do sangue de Cristo num tablete delgado feito de farinha e banhado em vinho tinto. Benjamim confessou. E até gostou. E perguntou porque os pais não faziam o mesmo?

Dispunham-se os três à mesa de madeira anêmica. Ao contrário da mesa anterior, herança da mãe de Isabel, talhada em madeira de Lei: compacta, dura, antiga e circunspecta. Aquela Isabel odiava. Chamava de brega, cafona. Saul trouxe material da obra. Sobras desviadas. Construiu a própria mesa da família. Mesa moderna. Sem história. Silenciosa. Tampo liso lustroso de um bege claro e linhas escuras desenhando formas abstratas artificiais quase pré-históricas e que simulavam revelar o interior da árvore que um dia teve de morrer para aquela mesa existir. Foram várias as árvores que morreram para dar à luz aquela madeira. Uma madeira composta de restos de madeira. Dessa madeira Saul concebeu a mesa. Sentados. Dispunham-se os três. Casal de um lado, menino do outro. Desequilíbrio de altar sem uma perna.

Isabel tinha preparado peixe cozido, pedaços enormes de batata e cenoura e muito molho. Não comiam carne vermelha. E Isabel pensava em não comer mais carne alguma. Purificar o espírito. Planos para algum dia. Isabel trouxe o prato de Benjamim. Ele começou a comer. Usava a mão esquerda para segurar o garfo. Deixava metade da comida cair de volta para o prato. Seu pai perguntou o porquê daquilo. Ele respondeu que estava tentando ser canhestro. Canhoto, Isabel consertou. Benjamim riu. Escondendo a mão direita sob a mesa. A ponta do dedo que catucou o gongolo estava arroxeada. A unha era quase toda um amarelo gema. Aquele dedo cairia da mão a qualquer momento, Benjamim tinha certeza.

Comeram sob o som de Beethoven. Sob o olhar de todos os Santos. Saul comentou sobre um compositor do século dezessete. Isabel sobre mapa astral em ambientes corporativos. A comida estava boa.

A colher escapuliu da mão esquerda. Como uma palavra que Benjamim queria guardar. A mão tentou pegar no ar. Bateu na ponta do prato que rodopiou e se despedaçou em cacos de louça no chão. O pai tentou rir. Não era nada. Benjamim não viu. Olhou sem olhar foi para a mãe. Sabia que ela olhava de volta. Levantou atônito em não saber como voltar no tempo remendando por mágica os cacos. Como o bicho partido em dois. O molho todo tinha se espalhado. Como a gosma do gongolo. Na toalha, na camisa branca, no short de poliéster e no chão. Sentiu o corpo duro em pé.

Isabel apenas encarou. Cansada. Olhos muito secos, quase brancos. Falando sem palavras. O menino se agachou e juntou os cacos sentindo que estava fazendo tudo errado. Os cacos na mão, não sabia o que fazer com eles. O indicador escondido entre os cacos. Não podiam ver o dedo. Não podia trazer mais aquela preocupação para a casa. Engoliu o choro. Isabel muito próxima, apontou para a lixeira. As mãos sujas de molho tentavam se livrar dos cacos. Suas mãos nunca mais estariam limpas. Os cacos grudavam nos dedos. Precisava esconder o dedo. Os cacos caíam no piso limpo. Que Isabel tinha lavado. Benjamim de mãos estendidas não sabia o que fazer. Saul de mãos cruzadas sobre a mesa. Isabel impaciente, agarrou as pequeninas mãos de Benjamim. Chacoalhou sobre a lixeira. Depois se ajoelhou e catou com as mãos peixe, batata, cenoura, molho e cacos sem querer ver que Benjamim retinha lágrimas. Continuou limpando o chão. Benjamim permaneceria esperando. Esperando para saber o que devia fazer. E Isabel não diria. Nem Saul.

Saul ajudou Benjamin a tirar a roupa suja e tomar banho e escovar os dentes. Sua unha estava amarelada, de um amarelo grosso. A extremidade do indicador continuava roxa como se estivesse inchada ou algum líquido peçonhento lhe tivesse sido injetada. Saul tentou lavar os dedos do filho. Não saía. Não saía. Verificou a internet e concluiu que esperariam pelo dia seguinte.

Só não conta pra sua mãe hoje. – Saul pediu sorrindo.

Benjamim sorriu de volta. Ficariam bem.

Isabel no quarto. Abriu a gaveta da mesinha de cabeceira. Retirou a caixa de plástico. Abriu a caixa. Separou um comprimido de Clonazepam, um de Alprazolam e um de Omeprazol. Colocou o coquetel sobre a língua e engoliu com um gole d'água. Logo habitaria aquele espaço de devaneios antes de cair num sono pesado. Já conseguia ver Benjamim através de névoa menos tensa. O menino não precisou pedir. Foi para a cama. Saul dormiu primeiro, de costas para os dois. Isabel tocou o ombro de Benjamim. Um toque que buscava transmitir um pedido afásico de desculpas. Mas o menino num movimento automático e natural se afasta e esconde a mão na outra mão e dobra os braços contra o corpo e encolhe as pernas contra a barriga e verga a coluna sobre si quase encostando a cabeça nos joelhos.

O menino demorou a dormir. E a noite toda lá fora engolia a casa em silêncio. E nem Milady latia. E o mundo todo pareceu uma câmara escura e sem sons. E o quarto pareceu uma caixa. Na cama para dois estavam três. E Benjamim pensava no dedo. Pensava se ele cairia durante a noite. Talvez fosse melhor desobedecer ao pai. Talvez fosse melhor acordar a mãe. Mas já sentia a respiração pesada e quente do sono de Isabel roçando seu pescoço.

E dormiu. E foi acossado pela primeira vez pelo sonho recorrente que o perseguiria até os treze anos de idade.

5. A cadela Milady

Vibração do celular. A respiração descompassou por meio segundo. Saul rezou para que fosse telemarketing. O aparelho insistia em tremer. Revirou os olhos levando a mão ao bolso. Não precisava pedir, estava subentendido, nunca ligar, ainda mais no trabalho. Existe mensagem de texto. A foto de Isabel na tela do aparelho tremia na mão. Não atendeu. Colocou o telefone de volta no bolso. Ajeitou o protetor auditivo na cabeça. Voltou a analisar a planilha de gastos da equipe de limpeza. Poderia economizar cinco por cento se reduzisse o quadro e pressionasse os próprios pedreiros a limpar a bagunça. Precisaria abordar cada empregado segundo seu temperamento. Seria trabalhoso, mas valeria a pena.

Isabel bloqueou a tela do celular. Então desbloqueou e voltou a bloquear. Guardou no bolso da bermuda. O corpo embrulhado lá no meio do quintal. Notado pelo canto do olho. Isabel ignorou mais uma vez. Abriu a porta da cozinha e voltou para dentro de casa. Abriu a torneira do tanque, lavou as mãos novamente. Lavou o antebraço até o cotovelo e lavou os braços também. Depois se sentiu culpada. Quando pegou o corpo de Milady, ele já estava envolto no tapete de pano branco. Um branco encardido marrom em muitas partes. Um pano muitas vezes pisado por sapatos sujos. Sim. Por isso lavou os braços e não por causa de Milady. Não por causa dela. Poderia enterrar no quintal. Naquele mesmo quintal que pertenceu à mãe. Onde a mãe cultivava as plantas cujos nomes Isabel nunca decorava. E a mãe orgulhosa ensinava a jardinagem que Isabel nunca iria aprender. Aquele jardim já foi bonito. Agora poderia enterrar Milady ali. Ninguém ia perceber. Um frêmito percorreu o corpo e ela agitou a cabeça de um lado para outro. Com força. Poderia levá-la até o final da rua onde começava o pé do morro. Enterrar Milady. Mas como chegar lá sem carro?

Mandou mensagem para Saul. Deixaria o Destino decidir. Como já decidiu muitas vezes e o saldo vinha sendo positivo. Se ele visse a mensagem. E se ele surgisse antes de Benjamim chegar da escola, assim o Destino teria escolhido. Uma imagem irrompeu na mente: A Imperatriz. A Carta. Em posição invertida: *Frivolidade, vaidade, falta de senso prático, infertilidade.* Não. Ela teria que achar a solução. Ela própria. Não deixaria Benjamim ver a cachorra morta. Era um desespero lhe subindo à garganta imaginar Benjamim descobrindo a cadela enrolada no manto, sem vida. Não era exatamente pena do menino. O que era então? Uma angústia talvez. Pelo vazio em si. O Nada aberto ali no quintal. A ausência de explicação para a qual os olhos de Benjamim exigiriam explicação.

Saul verificou a mensagem. Arrependendo-se enquanto lia. Milady havia morrido. Atropelada.

Milady cagava o quintal, sujava a casa, incomodava com os latidos e correspondia a cinco por cento dos gastos mensais da família. Não telefonou de volta. Mandou mensagem. Quase neutra. Perguntando o que aconteceu. Pensou ter colocado o celular de volta ao bolso. Na verdade, foi sobre a bancada. Ajeitou o protetor auditivo mais uma vez sobre os ouvidos. Os óculos de proteção. Não percebeu que passou mais de um minuto olhando o vazio. O celular vibrou sobre a bancada de madeira. Saul não via nem ouvia. Até lembrar-se de Benjamim. Apalpou os bolsos e julgou ter perdido o celular. Viu a luz da tela piscando sobre a bancada. Faltava pouco para Benjamim chegar da escola.

Uma vizinha da rua de trás passava de carro, não estava correndo, mas Milady viu um gato, aquele que sempre passava caminhando sobre o muro, e ela atravessou o buraco do portão, sim, Isabel sabia que Saul já tinha consertado o buraco, mas ela atravessou mesmo assim (Saul repassou mentalmente o material usado no remendo: arames do resto da obra) e Milady atravessou a rua correndo. E foi isso. A mulher até embrulhou a cachorra no tapete de pano do carro dela e trouxe e tocou a campainha chorando, pedindo desculpas. Foi o que Isabel disse antes mesmo de Saul entrar. Embolando palavras.

Agora Milady estava nos fundos do quintal. Parecia dormir. Embrulhada no tapete de uma desconhecida. Sua assassina. Isabel tentava controlar a respiração. Saul precisava fazer alguma coisa. Ele se perguntou o quê? Pensamento que lhe zuniu no ouvido foi: ela poderia ter enterrado no quintal mesmo e ninguém nunca ia saber. Queria dizer do risco de sair do trabalho no meio do expediente. Mas não disse.

Saul adicionou uma toalha velha ao tapete. Para não se sujar. A cadela não parecia dormir, ao contrário do que Isabel havia dito, parecia morta. A cara apagada. Diferente do pai de Saul dentro do caixão. A cara amarrada. Guardando um grito surpresa. Um grito torpe de exigência. Algum xingamento. Não, Milady parecia realmente vazia. Seu rosto nada dizia. Era um rosto mole e distante. Seu corpo, também mole demais, parecia mais leve do que de costume. Diferente de quando se remexia no colo. Tentando pular no seu ombro e de lá de volta para o chão. Nunca tinha sido tão fácil carregá-la como agora.

Foi à oficina no fundo do quintal. A caixa de ferramentas estava sobre a bancada. Não lembrava de tê-la deixado lá. Ao lado, o fone de ouvido. O cadeado que fechava a caixa estava trancado. Apalpou o chaveiro no bolso da calça jeans. Tudo estava em seu lugar. Ainda assim precisou abrir a maleta para ter certeza. Como quem volta diversas vezes para verificar se desligou a luz da casa. Abriu um por um os muitos compartimentos da maleta como de um cubo mágico. Estavam todos lá. Todos os testes ainda lá. Todos negativos. Etiquetados com nome e data. Enrolados em duas tiras de elástico. Na saída, esqueceu a pá e pegou uma cavadeira boca de lobo. Nunca soube o porquê.

Nos olhos de Isabel centenas de minúsculos riachos vermelhos cortando o branco leitoso. Pedindo desculpas a Saul. Foram palavras moles e emboladas pela metade. Seus rostos desencontrando-se. As roupas de Benjamim penduradas no varal, paradas sem vento, lembraram aos dois que o menino chegaria. Concordaram, sem nada dizer, na manutenção do acordo silencioso muito antigo: que Benjamim seria poupado daquela e de toda e qualquer fonte de angústia. E eles também.

Enrolou a cachorra em mais um cobertor velho e esfiapado e depôs o corpo no porta malas do carro. Dirigiu até o fim da rua íngreme onde o asfalto terminava no pé de um morro baixo. Escolheu um terreno onde o mato crescia até a altura do peito de modo a ficar encoberto. Não atrair perguntas. Procurava a intimidade que o momento pedia. Fugia de um julgamento imaginário. Conferiu o relógio: estava fora há quarenta minutos. Jogaria Milady no fundo do terreno, onde o mato era mais cerrado. Com alguma sorte, em vinte minutos estaria no trabalho. Ninguém faria perguntas.

Abriu o porta-malas. Esqueceu-se do que fazia. Por um tempo indeterminado. O braço estendido, apoiado na porta erguida, os olhos fixos num ponto do cobertor. O cobertor usado como cama quando ela chegou. Um cobertor cinza com duas listras grossas, uma azul e uma vermelha. Todo puído. Tinha sido de Benjamim. Eles dobraram e colocaram o cobertor num canto da oficina. Milady só chorava baixinho. Com saudade da mãe e dos irmãos, Benjamim disse. Vamos menina, seja uma lady, para de resmungar, Saul disse. Ofereceu um pote de ração. Ela rejeitou a comida. Mas, na mesma hora, parou de chorar, e correu para as pernas de Benjamim. O garoto sorriu. Afagou a cabeça da cadela. Repetiu várias vezes que ela era mesmo uma lady, uma lady. Saul completou: Milady.

Aquele corpo escorria para fora dos braços. Atravessou o mato até o fundo do terreno. Voltou ao carro. Praguejou. Uma cavadeira boca de lobo no lugar da pá. Por quê? Escavou a terra escura onde parecia mais macia. Até suor escorrer das mãos e do rosto e do peito. Até os dedos ficarem marcados pela madeira dura. Quis dar uma última olhada. Antes de depositar o corpo. Precisava da certeza de que a cachorra estava ali. A Milady. Desenrolou o cobertor a toalha e o tapete, com cuidado. Os olhos empoçaram de lágrimas que só rolaram depois que ele fechou as pálpebras, com força. Esperava não encontrar a cadela. Deitada. Tão leve e mole e de boca aberta e língua para fora e olhos vazios. Saul esperava que nada daquela merda tivesse acontecido. Esperava que a piranha da vizinha tivesse dirigido com cuidado. Esperava que tivesse trocado a porra do portão ao invés de remendado com arame podre.

Quando Rex morreu, o pai de Saul espancou o filho. Porque tudo o que o cachorro fez foi dar trabalho e gastos e agora era só um trabalho a mais ter que remover a carcaça que já atraía moscas varejeiras e que ele, Saul, já devia ter removido se não fosse tão preguiçoso e tão medroso. O pai gritou com sua mãe que gritou de volta. Ela nunca quis o cachorro. Tinha sido ideia do marido para espantar os ratos, o que ele realmente fazia. Então era melhor calar a boca e mostrar alguma dignidade enterrando o animal propriamente. Talvez tenha sido nesse dia que o pai lhe contou sobre a Árvore Seca. Não tinha como saber. Saul perguntou para o pai o que aconteceria com Rex. O pai não respondeu. E tragou o cigarro e pediu para Saul fazer alguma coisa que prestasse e pegasse a pá. Saul ficava feliz em ajudar o pai, mas queria saber se Rex ainda ia acordar. Só não teve coragem de perguntar. Ele era mais novo do que Benjamim. Sua mãe respondeu que animal não tem alma, então não vai pro céu. Ele não entendeu e achou melhor não fazer mais perguntas. Sua mãe reclamou que estavam demorando. Tinha moscas demais. Ela ia preparar a janta. O pai gritou: ela pediu um enterro com dignidade e era isso que ele estava fazendo. Só obedecia a ordens. Gritaram de novo um com o outro. Saul queria chorar ao ver Rex deitado frio e mole entre os gritos dos pais. Mas segurou o choro. Muito parecido com o que estava fazendo enquanto colocava Milady na cova rasa.

Empurrou a terra com o pé. As botas da construção ajudaram. Ajeitou com as mãos. Tentando aplanar o terreno. Mas não conseguiu. Aquele trecho côncavo delataria que alguma coisa foi enterrada ali. Retirou de novo a terra, usando as mãos, sujando a camisa e os joelhos. Os cabelos molhados de suor que escorreu pelo rosto e pescoço e umedeceu ainda mais a camisa de botão e mangas compridas. Pegando nas extremidades do cobertor, tirou a cachorra do buraco. Cavou mais fundo. Até a certeza de que ela caberia e ficaria... pensou na palavra confortável. Quase riu de si mesmo, mas não era um riso, era um suspiro de lamento. Cobriu-a de novo com terra. Agora o terreno plano. Jogou galhos e pedaços de mato verde escuro por cima. Agora ninguém a incomodaria. Ela poderia descansar. Bateu a terra da roupa, mas não muito, se alguém perguntasse, poderia dizer que já havia chegado ao trabalho há tempos, só estava em outro trecho da obra.

Aumentou o volume do som do carro porque tinha colocado para tocar "*Geist* – Trio para piano e cordas em ré maior, op. 70 nº 1" de Beethoven e tudo tinha dado certo e tudo ia ficar bem.

É claro, Benjamim perguntou sobre Milady quando chegou em casa e não foi recebido aos latidos, o corpo comprido de doze anos de idade preso a um rosto de infância ainda longe de se apagar. Isabel havia treinado a resposta. Ainda assim a voz engasgou. As palavras não fizeram sentido. Transformaram-se com rapidez inesperada numa fúria velada. Apontou os tênis do menino que pisavam o interior da casa. Queria mandar Benjamim tirar os sapatos. Mas não encontrava os termos. Seus lábios se moviam mudos. A cabeça balançava para cima e para baixo. A mão direita gesticulava tremendo apontando:

Sai, sai. Fora, fora schi schiii.

Benjamim deu um passo atrás. Recuou. O rosto olhando o rosto de Isabel. Tentando entender. Parou fora dos domínios da casa. Fora da ameaça. Ela apontou para os tênis. Ele nunca precisou tirar os tênis. O chão vivia empoeirado.

Milady sujou a casa?

Isabel não respondeu. Ele tirou os tênis. Talvez depois disso saberia.

Cadê ela?

Onde você acha? – Isabel levantou a voz sem perceber. Deu as costas.

Benjamim não sabia se também precisava tirar as meias. Resolveu não arriscar. Foi direto para o quarto. A mãe saiu da cozinha. Foi atrás dele.

Você e seu pai que arrumaram essa ideia.

Benjamim esperou que ela terminasse. Isabel estacou. Um nó

grosso na garganta. Esfregou as mãos. Suas narinas dilatadas expeliam ar quente. O peito arfando. Benjamim fez que ia começar a chorar. Antes disso Isabel levantou a voz mais uma vez.

Ela mordeu a vizinha.

Benjamim quis perguntar como.

Você sabe o que acontece quando um cachorro morde alguém.

Benjamim fez que não com a cabeça.

Isabel deu um passo para dentro do quarto. Sentou-se na beira da cama. Benjamim aos doze anos parecia outra pessoa e ainda assim a mesma criança de sempre. Isabel encarou a parede. Achava que o tempo diminuiria o abismo entre os dois. Mas nunca conseguiu tocar aquele menino. Como se ele fosse feito de outro material.

A cachorra precisava de espaço.

Benjamim fez com os olhos uma interrogação.

Seu pai não teve escolha.

Benjamim desviou o olhar.

Sob o olhar dos Santos. São Miguel, São Geraldo, Nossa Senhora do Ó e Santa Isabel. Saul quase perguntou se podia ligar a música, mas desistiu quando imaginou que Isabel não responderia. Ele gostava de reproduzir "Trio para piano e cordas em ré maior" que tem por apelido, descobriu em pesquisa recente, o nome "Fantasma". Eram na verdade três músicas, ou três movimentos, como aprendeu, tocadas por três músicos: pianista, violinista e violoncelista. Adorava a simetria. E adorava como o conjunto dos movimentos contavam uma história, do início ingênuo e empolgado, quase confuso em toda sua vontade; então, do meio da narrativa com sua queda e depressão, uma linha côncava de tristeza e desesperança, o deparar-se com a vida real lá fora e todas as suas faces obscuras, mesquinhas e violentas, o momento em que pensamos em desistir, em que nos tornamos fantasmas de nossos sonhos. E finalmente o renascimento, a vitória através da alegria, a glória e a vida em absoluta festa. Não era só isso que Saul tentava ensinar para Isabel e Benjamim sentados à mesa enquanto o prato esfriava. Era preciso não só ouvir, mas também apreciar, termo que ele havia aprendido nas pesquisas, era preciso notar o diálogo constante dos instrumentos, como cada um falava ao seu tempo e ainda que ao mesmo tempo, como cada um complementava o outro em frases que se somavam e se sobrepunham aumentando em significado cada palavra e cada sentença. E mesmo os momentos de silêncio do instrumento diziam alguma coisa, indicavam realce para as frases dos outros, criavam expectativa. Eles à mesa também eram como os músicos, um trio em composição orgânica, falando ao seu tempo, agindo ao seu tempo, e a história que construíam juntos por mais que passassem por momentos de profundo sentimento de desistência, de tristeza e melancolia, de raiva com o outro, sempre seria sobrepujada pela alegria da vivência em conjunto; e como o trio de músicos aqueles três à mesa não desperdiçariam palavras, falariam em harmonia orgânica, ressaltando o argumento do outro, dando espaço e silêncio quando fosse esse o tempo e criando uma sinfonia através de suas vidas compartilhadas.

Nada disso Saul conseguia elaborar em palavras. Ele sonhou com frases próximas a essas muitas vezes. Muito mais intuindo-as do que realmente pensando nelas. Faltava-lhe o repertório cognitivo e vocabular. Então limitava-se a colocar a música para tocar e pedir que a esposa e o filho apreciassem em silêncio e fossem gratos ao momento. Eram fantasmas muito sólidos os que mantinham a família àquela mesa.

Tortura talvez não fosse a palavra exata, mas algo próximo. Só aturava porque sabia que tinha um fim. Para Isabel, a primeira parte da música, de confusos dez minutos, assemelhava-se muito mais a três instrumentistas improvisando ao acaso. Três pessoas falando ao mesmo tempo. Cada uma querendo mais atenção que a outra e muitas vezes soltando frases aleatórias porque não tinham nada mais a dizer. Pessoas falando sozinhas numa mesma sala. Por vezes erguendo vivas e não mais que de repente lamentando algum tipo de perda irreparável para repentinamente proferir verdades absolutas sobre assuntos emergenciais. Assemelhava-se a pôr um quilo de açúcar na boca e engolir com mel. Não podia levar aquela música a sério. Dava vontade de arranhar um quadro negro com as unhas.

A segunda parte pelo menos tinha a dignidade inconteste da tristeza. E apenas. Isabel tinha raiva dessa parte porque quase sempre achava que ia chorar. Pelo menos aquele movimento era calmo, plácido, era um lago de águas tranquilas, sem ondas repentinas e sem reviravoltas escandalosas. Havia uma economia de palavras que lhe agradava e mesmo nos momentos mais histriônicos Isabel sentia que a música ainda estava no controle de si, assim como os três músicos que conversavam.

A última parte era simplesmente patética. Odiava aquela parte. Um tipo barato de alegria, daqueles sucos instantâneos que se compra em pó num saquinho e se mistura com água. E pior, um tipo escandaloso de alegria. Era uma música infantil e barulhenta. Apesar de menor em extensão temporal, era a que mais demorava a passar. E a história descrita pelo conjunto das três partes era a maior mentira já contada na humanidade: a que se inicia com ingenuidade e passa por tribulações que te amadurecem e te preparam para colher os frutos na idade avançada e termina com um final feliz. Dava vontade de rasgar o próprio rosto com os dedos. Era uma mesa muito precária a que mantinha a família reunida.

Em torno da mesa de madeira inconsistente. Mesa simulacro inorgânico da árvore que morreu em seu nome. Resultado da violência e da arte humana. Mesa centro de gravidade. Buraco negro. Siderando aqueles corpos em órbitas inconstantes. Testemunha de palavras ocas. Em torno dessa mesa reunia-se a família. Comiam. A comida preparada e oferecida pela mulher.

O jantar era peixe frito com batata frita, macarrão e feijão. O preferido de Benjamim. O pai trouxe Coca-Cola. Incomum para um dia de semana. Benjamim não perguntou mais sobre Milady. O pai já tinha respondido. Ela estava triste. Muito triste em viver num quintal apertado. Animais precisam de espaço. Precisam correr. Precisam da companhia de outros animais.

Ela já atacou uma visita. – Isabel disse.

Não tiveram escolha. No sítio ela vai ter a liberdade do mundo. Não queriam chamar a carrocinha nem sacrificar o animal.

O que é sacrificar?

Saul procurou a resposta em Isabel.

Ficar presa num canil.

Isso. Presa numa jaula minúscula. O sítio é enorme.

Quando a gente vai poder visitar?

Saul buscou de novo Isabel. Ela não sustentou o olhar do marido. Tomou mais um gole de Coca-Cola. Encheu o copo do menino e perguntou se ele queria gelo. Perguntou se a batata estava boa e antes de ouvir a resposta se levantou. O pai também se levantou:

Vamos comprar o sorvete?

E Benjamim também pôde ficar com o troco. Ele comentou que se tivesse um irmão teria que dividir o dinheiro com ele. Mas também seria divertido. Pelo menos teria companhia agora sem Milady por perto.

Ela vai precisar de tempo pra adaptação.

Depois a gente visita ela?

Sim.

Benjamim deu a mão para atravessar a estrada. Com doze anos de idade. O filete de angústia atravessava seu estômago. Não por lembrar do episódio aos quatro anos de idade. Era seu corpo que lembrava. O que lhe veio à mente foi o sonho recorrente. O sonho que surgiu no dia em que matou o gongolo. Chamava de sonho. Não queria pensar na palavra pesadelo. Era assim: espiava pela fresta da porta do quarto dos pais. De alguma forma sabia que deixavam a porta entreaberta de propósito. Espremia os olhos para enxergar através da escuridão. Enquanto a vista se acomodava. Enquanto o escuro se dissipava. Benjamim já sabia o que veria. Ele veria outro par de olhos. Os olhos dele. O rosto dele cada vez mais nítido no breu. O corpo dele lá. Do outro lado. Dentro do mesmo quarto em que estava. Acordava tremendo.

Depois esquecia o sonho. Que se transformava nesse filete de angústia cada dia mais espesso.

Benjamim quase não tocou o sorvete. Queria acreditar nos pais. E o pouco que comeu, vomitou. Naquela noite, como em tantas outras, deixariam Benjamim dormir na cama deles. No dia seguinte não foi para a escola. O menino apenas conheceria a verdade aos dezessete anos.

6. Os testes

Naquela mesma noite Saul deslizou da cama. Sem respirar. Para não acordar o filho. Isabel não acordaria, a alma presa à âncora do coquetel, imersa no mais fundo do corpo. Atravessou o silêncio da casa. Estática nos ouvidos. Acolhedora. Estranha. Cruzou a copa. Sob o olhar dos Santos. O que dizer para o filho se ele mesmo não entendia o que havia acontecido à Milady?

Abriu a porta dos fundos. Cruzou o quintal. Procurou a chave no molho de muitas. Girou na fechadura. Abriu a porta da oficina. Trancou-a atrás de si.

Aquele quarto cheirava a graxa. Ao metal das ferramentas. Chaves de fenda, alicates, furadeira, brocas, roscas, parafusos e pregos. Aquele quarto cheirava a poeira acumulando no piso liso de cimento. A concreto de embolso da parede descascando. A madeira de pinus da bancada e das prateleiras construídas por Saul. E, especialmente, rescendia sempre ao ranço de seu suor. Aquele quarto-penumbra, que mesmo durante o dia exigia suas duas compridas lâmpadas fluorescentes acesas, piscando de início várias vezes até reunirem força o suficiente para brilharem, era seu santuário.

Para a oficina trazia tudo da casa que dava defeito. Tudo o que não prestava. Tudo o que os outros não queriam. Ele já dissecou o micro-ondas, o celular, o computador e o ar-condicionado. Desmontou as cadeiras e o armário da cozinha. Nunca reparou nem consertou nem ao menos remontou os aparelhos. Só precisava conhecer as coisas por dentro. Talvez entender o funcionamento, se desse alguma sorte. Fazia download dos manuais de instrução. Assistia vídeos. Pesquisava. Até se cansar. E jogava tudo no lixo. Guardava uma peça ou outra mais bonita. O último experimento foi a TV velha. Ainda não tinha pifado de todo, mas parte da tela apresentava uma mancha escura. Apoiou o monitor sobre a folha de papelão. Desparafusou as laterais e a parte central, retirou a tampa traseira. As placas de circuitos integrados se assemelhavam a cidades em miniatura. Resistências, chips, diodos, transistores, capacitores; eram ruas e avenidas e construções e sinalizações emanando um funcionamento próprio. E todos aqueles pequeninos objetos trabalhando reunidos transformavam energia em imagem e som, em vida brilhante. Era fascinante. Posicionou o aparelho novamente de pé sem recolocar a tampa traseira. Ligou a tomada na parede. Pressionou o botão de *power* e assistiu aos *LEDs* se acendendo e à TV tomando vida com todos os órgãos internos à mostra.

Colocou os fones de ouvido que ocultavam toda a orelha. Ligou a playlist de Beethoven, começando com *Geist*. Abriu a terceira gaveta da bancada. Na gaveta, a caixa de ferramentas trancada à cadeado. Abriu a maleta que se desdobrava para os lados. Muitos compartimentos como a caixa mágica de um filme retrofuturista. Revirou o fundo. Chaves de fenda, rolos de fita, parafusos e alicates. Todos aqueles pequenos documentos continuavam lá. Muitas pequenas tiras de papel e bastões de plástico. Já não lembrava quantas. Todos com uma listra azul no meio de um mostrador redondo. Testes de gravidez. Cada um com um nome e uma data anotados em caneta *pilot* vermelha. Marta, Rute, Mirian etc. Desenrolou a primeira e a segunda tira de elástico. Trouxe um deles na mão. Revirou um lado e outro como se buscasse algo. Tinha o nome Bethânia. A mais recente. Recolocou no lugar. Sem trancar a caixa de ferramentas que ficou esquecida sobre a bancada. Aumentou o volume da música até não ouvir mais o silêncio da madrugada. A música ocupando todo o cérebro.

As pessoas evitavam falar com Bethânia. Mal percebiam. Tratavam dos assuntos incontornáveis. E no almoço ou nos corredores ou nas confraternizações desviavam o olhar deslizando aos poucos para outra roda de pessoas. Era a melancolia do luto que lhe tatuava olheiras e empoçava os olhos escuros. Era a expressão do rosto sempre solícita e distante demais. Sempre vazia de vida própria. Sempre automatizada.

Há dois anos Bethânia perdeu os dois filhos. O marido dirigia e ela estava no carona. Ninguém conseguiu explicar como apenas os ocupantes do banco traseiro morreram. Logo depois perdeu o casamento em um tumulto de eventos tão confusos que sua memória mal conseguiu registrar. Retornou ao trabalho por pura inércia. Com quarenta e dois anos de idade, o tique-taque do relógio biológico soava cada dia mais forte dentro dos tímpanos. Martelos de bronze sobre chapa de ferro. Transformando tudo em supérfluo. Impossibilitando qualquer diálogo. Impedindo de ouvir os próprios pensamentos.

Saul abriu a porta. Entrou. Fechou-a atrás de si. Bethânia pediu que ele se sentasse. Ele agradeceu. A cadeira de plástico era dura.

A planilha da equipe de segurança já está no e-mail.

Bethânia agradeceu com a cabeça sem tirar os olhos do computador. Saul procurou a foto dos jovens sobre a mesa. Gostava daquela foto. Daqueles sorrisos gigantescos. Da luz nas íris. Dos dentes todos à mostra. Percebeu que encarava a fotografia. Desviou o olhar. Bethânia parecia ler a mensagem eletrônica, mas só encarava a tela do computador. Perguntou se Saul tinha filhos. Ele respondeu que um. Menino. Ela quis saber a idade e ele disse, doze anos. A conversa estancou: uma fina camada de ar que de repente se congela. Saul esfregou as mãos. Não havia notado que suavam. Mirou os sapatos. Para não olhar a fotografia. Para não encarar os olhos da mulher que ziguezagueavam pela tela brilhante.

Bethânia tinha lido o e-mail duas horas atrás. Já havia aprovado as alterações. Só queria estar um pouco com Saul. Era o único que não desviava de seu olhar. Que dizia bom dia como se estivesse falando com um ser humano normal. Não com um resto de trapos que ninguém tem coragem de jogar fora. Perguntou se ele queria outros filhos. Saul levantou a cabeça. Procurando fugir daqueles olhos tristes. Procurando fugir da pergunta sem atrair outras.

Estamos tentando.

Ela tentou sorrir. Depois tocou com a ponta da unha a tela do computador.

Ficou boa. A planilha.

Brigado. Eu tentei fa...

Quero te fazer uma proposta.

Saul ergueu a coluna. Achegou-se para trás na cadeira. Procurou um ponto de apoio para a vista: olhos, nariz, testa de Bethânia, não sabia onde fixar a visão.

Não. Não tem nada a ver com o trabalho – balançou a mão de um lado para o outro na frente do rosto – Teu emprego tá salvo – riu, deixando escapar um ruído pela boca que incomodou mais a ela do que a Saul.

Se eu puder ajudar...

A pia do meu banheiro. Está vazando há semanas. Não confio nos pedreiros daqui e... Não quero te incomodar. Você não é pedreiro. Eu sei. É só que... Não conheço ninguém. Eu só queria saber se você tem alguém pra me indicar. Ou...

Incômodo nenhum – Saul se deixou recostar.

Bethânia agradeceu e marcaram para a tarde daquele mesmo dia.

Encontraram-se por um período de nove meses. Numa regularidade semanal. Deixaram de se ver sem trocar palavra. Sem conversa. Sem explicações. Quando Bethânia engravidou de um engenheiro. E Saul passou a não encarar mais os olhos de Bethânia quando se cruzavam nos corredores.

Seu corpo nunca deu indícios. Ainda assim Bethânia realizou três testes de gravidez. Todos a pedidos de Saul. Ele anotou o nome de Bethânia e as datas e enrolou-os com uma tira de elástico em cada ponta e guardou os testes na maleta de ferro dentro da gaveta da bancada de madeira. Junto a outros. De outras mulheres.

Saul não ouviu os latidos de Milady no quintal. Mesmo fechando os olhos. Mesmo entrelaçando os dedos e apertando as mãos. Com força. Nunca mais ouviria. Havia violência naquele nunca. Saul pensou na foto dos filhos de Bethânia. Não conseguia lembrar dos rostos. Tentou imaginar se eles tinham um cão. Perguntou-se o que Bethânia falaria para os filhos quando o cão morresse. Gostou de imaginar a cena porque nela as crianças estavam vivas. Pensou no pedido de Benjamim por um irmão. Era impressionante quanto tempo um homem podia aguentar ser humilhado. Não por semanas ou meses. Não anos. Mas décadas: seu pai e a estorinha da Árvore Seca. Isabel expondo a intimidade do casal ao antigo amante. Pedindo ajuda ao antigo amante para conseguir um filho. E agora esse filho adotado lembrando que Saul era um incapaz. Anos sem voz.

Tomou a resolução. E tudo pareceu simples. Como sempre parece depois de tomada a decisão.

7. O tratamento de Saul

Havia excesso de luz naquele consultório. As paredes brancas queriam cegar. Saul franzia o rosto, sentado na poltrona de braços cromados e recosto de couro preto.

Era um tom formal, mas que pretendia criar confiabilidade mútua. O médico começou pela diferença entre infertilidade e esterilidade. O primeiro se tratava da dificuldade em engravidar e a segunda na incapacidade. Descobririam, ele tinha certeza, que Saul estava no primeiro caso. O uso do termo engravidar soou quase cômico, mas o rosto de Saul não demonstrou.

A preocupação inicial era o trabalho. Fatores exógenos. Calor e toxinas. Descartadas, o médico questionou sobre fármacos: cocaína, maconha, antidepressivos ou anabolizantes. Saul nunca havia entrado em uma academia. Nunca fez terapia. Nem tomou psicotrópicos. Não usava drogas. E só bebia uma taça de vinho no natal e uma de champagne no réveillon.

Passaram para as possibilidades mais comuns: doenças endócrinas, geniturinárias ou genéticas.

Nada nesse nosso mundo é simples. Tudo resulta de uma série de possibilidades e encontros muitas vezes casuais, encadeamentos de eventos completamente arbitrários que promovem um resultado absolutamente inesperado, temos que analisar com detalhes cada caso. Sempre – ressaltou a palavra repetindo-a e erguendo o indicador no ar – sempre, o que pode existir de pior são as coisas encobertas. Eu prefiro tomar um tiro do que ter uma hemorragia interna. Quando você não é capaz de reconhecer a causa de um sintoma ele vai te perseguir pelo resto da vida. Por isso, os exames são a parte mais importante do processo, mais importante do que medicação ou cirurgias. Vamos jogar luz no seu problema, vamos escutá-lo, conversar com ele até sermos capazes de discernir exatamente o que você precisa e aí então, atacá-lo.

Continuou:

Nosso primeiro passo é dizer se teu problema não é hipogonadismo, uma desregulagem na produção de hormônios alterando sua quantidade de testosterona e até mesmo de espermatozoides. Temos que medir sua testosterona. Também vamos realizar um ultrassom para descobrir se o problema não é azoospermia, uma ausência bilateral congênita do ducto deferente impedindo a chegada do espermatozoide ao sêmen, você produz, mas ele não chega lá.

Não se preocupe com toda essa verborragia, mania de médico velho. Relaxa que nós vamos chegar lá.

Então passamos para a famosa e aguardada – riu da própria piada – coleta de amostra. Sim, é à moda antiga. Pelo menos hoje é só trazer o celular, imagina pegar nas mesmas revistas que ficavam de estimulante nos quartos de coleta. A gente processa as amostras, que serão no mínimo duas no período de uma semana para não ficar margem de dúvida, e esse processamento vai nos dar sua contagem que precisa ser de no mínimo vinte milhões por mililitros. Vamos coletar também sua urina logo após a ejaculação para descobrir se não há ejaculação retrógrada, ou seja, como o homem é um ser mais tosco, a urina é expelida pelo mesmo ducto do sêmen: pode ser que o teu esperma esteja todo indo para a bexiga.

Tudo bem, sei que você já está ansioso pelo momento final, o tratamento.

Então, se sua contagem for baixa, entre dez e vinte milhões por mililitro e se não identificarmos nenhuma alteração hormonal, podemos optar por dois caminhos: existe um estudo em andamento sobre o Citrato de Clomifeno, mesmo medicamento aprovado para uso em mulheres, mas ainda sem aprovação para homens, ele aumenta a produção de testosterona e em consequência a produção de esperma, mas não vamos nos fiar nele ainda.

Não obtendo sucesso pelo meio tradicional, nós partimos para a reprodução assistida, que pode ser feita de diversas formas, mas que eu prefiro deixar para explicar no nosso próximo encontro com sua esposa. Os dois juntos. Todo esse processo deve ser feito com os dois sempre presentes. Não me olha assim, acredite, a maioria de vocês quer fazer sozinho e nunca, – repetiu a palavra, ressaltando-a com o indicador em riste – nunca é uma boa ideia. Lembre-se: No princípio era o verbo. Vocês são recém-casados?

Não.

Quanto tempo?

O quê?

De casados.

Quinze... quatorze anos.

Que isso, meu bom homem? Mais de uma década. E só procuram um médico agora?

Saul não respondeu.

Nunca conversaram sobre o assunto?

Saul não soube responder.

Sério?

Saul atravessou a rua sem olhar para os lados. Tentava lembrar o nome do médico. A claridade infinita do consultório inundava sua memória. A luz branca furando os olhos. Entrou no carro. Numa busca rápida encontrou diversos sites que ofereciam o Citrato de Clomifeno. Sem a necessidade de prescrição médica. Também descobriu que medicamentos ministrados como descongestionante, Bronfeniramina, Efedrina, ou Fenilefrina atuavam no combate da ejaculação retrógrada. Mas todos os sites levavam para janelas de *spams*. Abriam-se em cascata. Sem nunca levar ao link da compra. Teve certeza de que o celular foi infectado por mais de um vírus. Notou que os campeões de ofertas eram ansiolíticos e antidepressivos. A demanda devia ser maciça. Uma foto se destacou aos olhos da memória de Saul. Uma embalagem em amarelo e branco cortada por faixa preta. Alprazolam. O preferido de Isabel. Aquela caixa colorida sobre a penteadeira da esposa também era a caixa sobre a mesa de madeira e metal do orfanato. Uma imagem muito vívida. Não conseguia lembrar o nome da mulher. Mas o som da voz era claro. A diretora do orfanato. Mais de dez anos atrás.

Quase uma hora inteira olhando para a agenda do celular. O número estava lá, acompanhado do nome. Saul percebeu o funcionamento de sua mente. Seria capaz de criar qualquer tipo de argumento, a favor ou contra. E todos eram sensatos e bem estruturados. Fechou os olhos e decidiu pela primeira vez na vida não racionalizar.

A naturalidade com que tudo transcorreu, impressionou. Mais do que isso, incomodou. Isaque não se assustou com a ligação repentina. Após onze anos. De alguém que só viu duas vezes. Também não perguntou sobre o motivo. Apenas quis saber, com a mesma tranquilidade na voz, se Isabel e Benjamim estavam bem. (também incomodou que o homem lembrasse o nome do menino). Conseguiria os medicamentos em duas semanas. Sem problemas. Sim, já tinha o endereço. Era o mesmo que mandava os medicamentos de

Isabel, correto? Garantiu que despacharia em embalagem discreta. Insistiu que ele só pagasse depois de receber. E se despediram.

Saul encomendou três caixas de Franol e três de Clomid. Cento e trinta e cinco pequenos companheiros.

Sete dias depois a encomenda chegava. Saul estava no trabalho e Isabel recebeu as caixas lacradas de papelão. Não estava na data de receber os remédios controlados, aqueles que comprava com Isaque. Devolvia ou telefonava antes? Tinha uma desculpa. Pegou no celular. Digitou o nome no aparelho. Enquanto ouvia o toque no fundo do ouvido revirou a caixa de um lado para o outro. Viu o nome de Saul. Pegou a caixa nas duas mãos. Esqueceu o telefone sobre a mesa, tocando. Revirou de novo a caixa. Sentiu o papelão grosso nos dedos, o papel ofício liso onde vinha endereço. O telefone tocava. Isabel sentiu o chacoalhar. Igual sua própria encomenda. Intuiu o conteúdo. Isabel viu Saul afundando lentamente em areia. E viu ela própria abraçada às pernas do marido. Ela o peso. Oferecendo um copo de água e dois comprimidos que o marido aceitava. Enquanto afundava. E ela dizia que tudo ia ficar bem. Isaque atendeu do outro lado. Isabel ouviu suas palavras: Alô? Isabel? E Isabel disse nada. Até que ele desligou.

A caixa permaneceu sobre a mesa que um dia foi árvores. Sob a vigilância dos olhos de todos os Santos. Até Saul chegar do trabalho. Saul chegou. A caixa sobre a mesa. Saul observou ao redor. Apenas os Santos na parede. Deu uma volta completa pela copa. Como um animal desconfiado. Foi até o armário e abriu a primeira gaveta e pegou uma faca de serra e rasgou o lacre e verificou as caixas de Franol e os recipientes redondos de plástico do Clomid como se conduzisse um ritual sagrado e secreto. E censurando-se e engolindo a raiva de si, pediu de olhos fechados que Isabel não tivesse visto a caixa. Mesmo sabendo que ela tinha visto.

A esposa estava deitada. Encolhida de rosto para a parede. Seu laptop esquecido na penteadeira brilhava uma página em branco. Saul não acendeu a luz. Sentou-se na beirada da cama. Podia dizer pela respiração que ela estava acordada.

Obrigado.

Ela não respondeu. Esfregou o rosto como quem acaba de acordar.

Por ter recebido a encomenda.

Tem salada de batata na geladeira.

Eu fui num médico.

Um-hum.

Parece ser bom – Tentou lembrar o nome. Não conseguia. Só a luz branca e o palavrório. Saul segurou o tornozelo frio da esposa. Acariciou sem jeito os pés.

Acho que vai dar certo dessa vez.

Isabel meneou a cabeça. De um jeito vago.

O quê? – Ela disse, baixo.

Saul aproximou o rosto levando a mão ao joelho de Isabel. Ela recuou a perna. – Vai dar certo dessa vez. – Saul repetiu. Olhou a parede. Escura. Um tanto encardida. – Eu...

Isabel não se mexeu. Ele continuou:

Eu vou começar um tratamento. Um tratamento de esterilidade. – Confundiu os termos. – Ele é muito bom, o médico – nenhum nome. Só parede branca. E palavras. – Vai dar certo dessa vez.

Isabel sentou-se. Seu corpo apertando as costas contra o canto. A memória da sensação tátil da caixa de remédios se apossou da pele de seus dedos e da pele da palma de suas mãos. O papelão áspero. O chacoalhar dos remédios no interior ressoou de novo nos ouvidos. Aquela caixa enviada por Isaque. Não eram antidepressivos?

Quem é esse médico? – foi uma voz muita fraca e alheia a Isabel quem perguntou.

Ele é bom. Muito bom – Saul não lembrava o nome. Nunca lembraria – Vou te mostrar o site dele. – Vai dar certo.

Saul ressuscitava sonhos mortos e essa dor Isabel não podia suportar. Saul de novo reerguendo fantasmas. Quando Isabel já havia aceitado que a vida real nada tem a ver com a felicidade. Saul remexendo o dedo na ferida da esperança.

Isabel pensou em escrever um texto. Talvez algo para um novo livro. Talvez não. Pensou em escrever como quem matava Clarice Luz. Mas nunca escreveu. Pensou em escrever o que teria dito a Saul. Mas nunca disse:

É inacreditável o quanto uma mulher pode suportar muda. Não anos. Mas uma vida inteira de manipulação. A manipulação escandalosa, tóxica, a chantagem emocional e a invasividade camuflada em afeto na infância. A manipulação maliciosa disfarçada de paixão na juventude. A manipulação silente e passiva do cônjuge na vida adulta. Até a manipulação inocente de um filho que nem filho era. Ao menos em sua juventude havia sido fecundada. E agora Isaque, que nunca esteve afastado, retornava. E retornava fazendo dupla. Ironicamente unidos, Saul e Isaque. Ao menos Isaque lhe meteu na barriga um filho. Já Saul se metia em mais de uma de suas saídas fáceis e infantis. E arrastava Isabel junto. Silenciosamente. Sem nunca perguntar o que ela achava. E ela sabe porque ele não perguntou. Não perguntou porque ele sabe que não vai funcionar. Ele, tanto quanto ela, sabe que não vai dar certo dessa vez. Tomar remédios contrabandeados não ia fazer de Saul um homem.

Engoliu ar estufando muito o peito. Expirou em microconvulsões.

Mas uma imagem cortou sua mente. Uma Carta: A Justiça. Na posição invertida: *Fanatismo, intolerância, injustiça.* Respirou fundo de novo. Repensou o repensado.

O rosto de Saul na pouca luz se dividia em dois. Isabel viu apenas o luminoso.

E sentiu pena de Saul. E um pouco de culpa por sentir pena. Porque sentir pena é humilhar uma pessoa. E Saul não merecia pena. Assim como sua própria mãe. Nenhum do dois. Sua mãe merecia raiva. Compaixão. Mas nunca pena. Isso ela não precisava. Nem no dia da morte. Nem do dia do enterro, o dia em que Isabel descobriu o segredo da mãe. Nem no dia em que notou a fragilidade daquela mulher enorme. A facilidade em enganá-la.

Foi aos quinze anos. Trancada no banheiro. Isabel se lembra com nitidez absoluta da maçaneta de metal frio na mão. Da dificuldade de girar a tranca. Dura, emperrada. Pensou em nunca mais sair. Imóvel com o teste de gravidez nas mãos. Olhos que não acreditavam. Usou o segundo teste e o resultado foi o mesmo. Vislumbrou no futuro muito próximo seu corpo entregando aos poucos o que tentou esconder. Os olhares na escola. As maldades. Viu o vestibular ser trocado por um parto doloroso e a faculdade por fraldas sujas de fezes. Pensou em Isaque lá fora e ele teria uma solução. Tinha solução para tudo. Ela não conseguia conceber qual. Mas ele teria. Jogou os testes na lixeira. Tirou o saco, amarrou as extremidades, escorou na parede. Olhou no espelho. Um rosto lívido. Transtornado pelo susto e pela ausência de perspectivas. Precisava transformar esse rosto para a mãe que esperava na sala. A mãe que exigia sua atenção. Que não parava de falar. A mãe que fazia de qualquer chance uma oportunidade para contar suas experiências mais íntimas. Mais pessoais. Mais constrangedoras. Sempre acompanhada de suas risadas. Eram gargalhadas gordurosas as que os ouvidos de Isabel precisaram suportar. Isabel ouviu mais de uma vez a história de como a mãe tinha perdido a virgindade no quarto de casa enquanto os pais assistiam televisão na sala. Que o menino se chamava Marcos e que ele não sabia botar a camisinha. Que ela teve que ensinar isso e outras coisas mais que ela detalhava enquanto Isabel treinava seu rosto para fingir atenção e sua mente deslizava para longe. A mãe que chamava a avó de Isabel de castradora cafona, dona de requintes sádicos. Sua mãe, a rainha dos trocadilhos. Que escondia a única foto da irmã numa gaveta do armário. Que chamava essa tia de Isabel de puta irresponsável. Sempre numa voz risonha lambuzada em ressentimento. E como ela cagava para toda aquela afetação conservadora. E como ela se libertou de tudo aquilo com um desprezo prazeroso. Uma mãe que explanava para quem quisesse, e não quisesse ouvir, em casa, com os vizinhos, na escola da filha, sempre em grandes arroubos, o quanto era uma mãe que participava da vida da filha. Que conversava. Que não tinha pudores. Uma mãe aberta. Uma mãe moderna. Que chamava Isabel de Isabel e nunca de filha. Foi do excesso de um amor muito sólido que Isabel padeceu. Era para essa mãe que Isabel treinava o rosto diante do espelho. A mãe que ela não queria decepcionar. E quando saiu com o saco de lixo na mão, a mãe riu. E a mãe perguntou onde Isabel ia com aquilo. E Isabel percebeu anos de treinamento se esvaindo enquanto seu rosto prendia um choro que tentava escapar. E a mãe rindo dizendo que ela nunca tirava o lixo. E a mãe parabenizando Isabel. E pedindo para ela voltar logo porque queria assistir ao filme. E a mãe nem percebeu o que Isabel realmente carregava. Isabel que saiu com o lixo e voltou com a culpa. A culpa por se sentir aliviada de ter enganado a mãe. Culpa por notar que a mãe não era onisciente. Por notar que a mãe era banal. Culpa por sentir pena da mãe.

Isabel apertou a mão do marido.

Saul perguntou se ela estava feliz.

Isabel comandou um sorriso aos músculos do rosto e fez que sim com a cabeça e voltou a deitar.

Naquela noite acrescentou um ingrediente ao coquetel. Alprazolam, Neprazol e Dipirona. Agora dissolvidos em dose de vodca. De uma garrafa empoeirada sob a pia. Destilada pelo esquecimento. Mais de uma década. Presente de casamento. Das mãos secas do pai de Saul.

Depois daquela noite retomariam o ritual do banho. Uma semana por mês. E naquele período Isabel se fecharia na escuridão dos olhos cerrados. Concebendo um mundo à sua imagem. Mas raramente gozaria. E Saul voltaria a dizer que talvez daquela vez tenha dado certo.

8. O soco no estômago

Benjamim havia completado treze anos. A voz esganiçava. Um buço ralo nascia acima do lábio. Pelos surgiam no corpo. Ainda assim seu livro preferido era uma compilação de contos de fadas de Hans Christian Andersen.

O menino. Ele era estranho. Crescido. Beirava a idade de Benjamim. Empinava pipa com propriedade. Cuspia no chão. Coçava o saco.

Estavam na calçada da casa. Vez ou outra Benjamim contava vantagens. Situações improváveis. Não sabia empinar pipa. Nunca usava cerol porque o pai não deixava. Seus olhos observavam a dança da pipa no céu. Observava os braços seguros do menino. Aqueles movimentos. As mãos habilidosas. A sincronia. O tórax nu.

Enrola ali meu carretel.

Benjamim obedeceu. Satisfeito.

Um outro garoto apareceu. Mais alto. Mais magro. Mas não mais velho. Não morava no bairro. Ignorou Benjamim. Conhecia o que empinava a pipa. Trocaram provocações de meninos. Farpas acerca do medo de dar mais linha ou de cruzar com as pipas da rua de trás. Ainda que cheio de insultos e ameaças havia um equilíbrio no diálogo. Uma linha bem demarcada que nenhum dos dois se atreveria a cruzar. Onde mantinham-se seguros. E dentro das quais estreitavam amizade em meio à energia agressiva. Um ritual masculino que se repetiria no decorrer de suas vidas de homens adultos.

Benjamim não era capaz de captar o que estava em jogo. Nem de entender a linha tênue que os garotos, de mesma idade, mas de vivência e sagacidade muito diferentes, traçavam entre provocações e xingamentos que jamais se transformariam em vias de fato. Para Benjamim aquele estranho perturbava a ordem de seu bairro. E incomodava seu novo amigo. Aquele menino que mal tinha trocado palavras com Benjamim. E não foi só isso. O novo garoto era de aparência tosca. Muito alto muito magro e sem camisa. Costelas protuberantes saltando por sobre a barriga chapada côncava. Shorts de náilon velhos puídos e chinelos gastos. Tudo isso garantia a Benjamim uma sensação de superioridade. A presença daquele garoto não era bem-vinda. A existência dele não tinha importância. E Benjamim poderia tratá-lo como bem quisesse.

Tá sujando minha calçada com teu chinelo velho.

O menino da pipa olhou de soslaio. E como esse tinha ouvido, o garoto não poderia deixar passar. Fossem só os dois, talvez. Mas agora precisava comprovar sua masculinidade diante da testemunha.

Repete se tu for homem.

A pouca impetuosidade se desfez no rosto de Benjamim.

Vá embora. E nos deixe em paz.

O menino riu. Quase gargalhou. Uma gargalhada pela metade que se transformou em cara fechada.

Tu tá vendo *anime* demais. Seu veadinho.

Benjamim corou.

Vai comprar uma roupa nova – gaguejou. – Seu pobre.

Pelo menos não sou adotado.

Benjamim não teve reação. A frase não fazia sentido. Não conhecia aquela palavra, "adotado". Era a mesma coisa que veado? Retardado, talvez? Benjamim já com treze anos. Depois, a barriga começou a esfriar bem lá dentro. O rosto começou a esquentar. Seus olhos ardiam. Ardiam. Mas ele não queria piscar. Sabia o que aconteceria se piscasse. Inflaram-se de lágrimas que ele tentou represar. Os olhos enevoaram. Xingou o garoto de filho da puta.

Se repetir te dou um soco.

Se aproximou. Um passo de distância. O rosto de Benjamim sorriu sem graça. Tentava apaziguar a fúria do garoto. Com palavras que não vinham. Seus pés pesavam no chão. As pernas moles não respondiam. O garoto se aproximou mais. O rosto magro de pele encardida muito perto do rosto molhado de Benjamim.

Eu retiro – gaguejou.

O garoto socou o estômago de Benjamim. Bem no encontro das costelas. Doeu. Enjoo subiu pelo peito até a garganta.

Eu estava brincando – Gaguejou mais, tentando evitar o segundo soco.

Talvez tivesse acabado. O menino tinha demonstrado sua superioridade. Iria parar. Benjamim recolheria sua humilhação. E talvez os três até começassem a conversar sobre pipas.

Mas um carro freou junto à calçada do outro lado da rua. Era o carro de seu pai. Benjamim guardou esperança de que ele não tivesse visto a cena. Mas Saul abriu a porta. Não a fechou. Atravessou a rua na direção dos meninos. Talvez ele viesse para apartar. Para apaziguar ânimos e mostrar que eram crianças. E que deviam brincar, não brigar. Saul encarou o garoto. Tinha raiva no rosto. Raiva e perplexidade. Saul encarou Benjamim. A mão do pai acenou comandos de revide. De ataque. Sua boca se movia torta. Seus olhos enviesados.

O pai tinha visto o soco. Era tudo que Benjamim pensava. O pai havia presenciado o momento em que o garoto desferiu o golpe e seu punho atingiu a barriga de Benjamim, seu filho, e o instante em que o corpo frágil e bobo de Benjamim se curvou para frente e seu rosto se transformou de provocador e insolente para patético e subserviente e medroso e covarde enquanto, ao invés de se defender e revidar apenas dizia infantilmente com um sorriso amarelo para o garoto magro e repulsivo e forte que não precisavam brigar. Tudo isso o pai tinha testemunhado.

Vai pedir ajuda do teu tio? – e riu. Riu com raiva.

Benjamim não entendeu. Por que o garoto confundiria pai com tio? Mesmo que não conhecesse o pai de Benjamim. Por que a primeira opção que lhe veio à mente havia sido tio, e não pai, uma escolha mais óbvia?

Não se lembrava de como tinha chegado à oficina de Saul. Mas estava lá. Sentado no banquinho de madeira. Recostado na bancada de ferramentas. Respirando o cheiro de graxa e poeira. Sentia raiva por estar chorando. A palavra "adotado" zunia dentro da cabeça. Aguda. O vazio do sentido preenchendo o crânio. Sua confusão. E a troca, tão natural, "seu tio", redobrando o ruído, a desordem. Tudo tão nebuloso que em autodefesa atulhou a questão em compartimento isolado. A vontade de perguntar aos pais o que aquilo significava esmorecia por inércia. Abrigava-se em cantos inexplorados.

Não podia fazer nada. Não podia. Fazer o quê? Segurar o garoto pro Benjamim bater? – Saul não se dirigia a Benjamim. Não diretamente. Desculpava-se para ninguém em especial. Ou a uma pequena comitiva imaginária a quem devia explicações. Saul dirigia-se, talvez, ao próprio pai.

Pediu para Benjamim esquecer. Esquecer tudo. Benjamim gostou da ideia.

Não vale a pena perder tempo com esse tipo de gente. Não existe razão em discutir uma coisa sem solução. Entendeu? É se desgastar à toa. E preocupar as pessoas à sua volta. Sem necessidade nenhuma. Já passou, não é? – segurou os ombros de Benjamim. – Esquece isso, Ben. Esquece. Não chora, tá? Não precisa. E também não precisa preocupar a mamãe. Não é? – Benjamim fez que sim com a cabeça. Limpava o catarro que descia do nariz. Engolia a saliva e o choro. – Vamos combinar isso, tá bom? Segredo de melhores amigos. Não conta pra tua mãe.

Benjamim tentou sorrir. Não queria ouvir a voz do pai. O estômago nem mais doía. Mas sim um ponto indefinido no tórax. Uma humilhação. Uma que não conseguiria identificar. Nem explicar. Nem encontrar ponto de origem. Naquela mesma noite se vingaria dessa humilhação. Doía a dor. A de não ter sido capaz de corresponder às expectativas. A partir daquele dia, ou mesmo desde sempre, estaria aprisionado. Nunca seria macho o suficiente. Nunca seria forte. Audaz. Corajoso. Violento. Nunca seria Homem como o Pai esperava que Benjamim fosse. Restaria preso por toda a existência no sentimento degradante de que nunca estaria à altura da expectativa máscula do pai.

Saul tentava dissolver a confusão do filho. Amargava a própria incapacidade. Seu pai nunca passou por isso. Seu pai não precisava dizer nada. Seu pai apenas era. Seu pai era um pai de verdade. Saul era arremedo. Saul sentia os olhos do pai assombrando a nuca. Seu pai sabia. De alguma forma ele sabia. Sabia que o verdadeiro pai de Benjamim era outro homem. Um homem de verdade. Saul começou a dizer:

A árvore não tem folhas então não fornece sombra. Os pássaros não vêm até ela porque, castrada, não possui flores. Não há frutas então não existem sementes. Permanece só. Todo seu corpo é madeira petrificada em tronco de rocha e galhos retorcidos. Suas raízes são mãos esqueléticas de unhas sujas e extensas que se agarram ao solo seco. Ela não pode morrer porque não está viva.

Benjamim observou os lábios do pai se movendo. Como se recitasse o texto de uma peça teatral. Lembrou-se da escola. Da peça *Pluft, o Fantasminha.* Teve que representar Xisto. Mas não conseguiu decorar a fala. Seu pai tinha aquilo muito bem decorado. Benjamim percebeu, só não entendeu as palavras. Parecia dizer para outra pessoa que também estava na oficina. Benjamim não saberia dizer quem. Um fantasma talvez. Aquelas palavras não tinham sentido. Mas de alguma forma Benjamim se lembraria de cada uma delas.

Cerrados em si, não notaram a aproximação de Isabel. A porta da oficina se abriu. Benjamim de olhos inchados. Lágrimas cortando as bochechas em trilhas quentes. O marido deslizou o olhar a Benjamim. Depois para a esposa:

Não foi nada – meio sorriso.

O menino devolveu o olhar. Tentou emular aquele sorriso. Mas voltou a chorar. Como criança.

O que foi? – a curiosidade de Isabel guardava impaciência. Uma espécie de pressa mal dissimulada. E era a culpa atordoando Saul que o impedia de perceber.

Não foi nada – Saul disse.

Você caiu?

O menino levantou a cabeça e os olhos na direção do pai. Mas desistiu no último instante. Mirou a janela. Fez que sim com a cabeça. Saul bagunçou os cabelos dele. Benjamim sorriu de leve, para agradar. Segurou a mão do pai. E a mão de Isabel. Numa trindade em desequilíbrio. De algum modo seu corpo perdeu o peso. Os músculos relaxaram. Os pulmões se acalmaram.

Isabel não acreditou na resposta de Benjamim. Viu Saul olhando o menino. Decidiu que perguntaria mais sobre aquilo depois. Não perguntou.

Benjamim e sua respiração se reencontraram. De volta ao ritmo habitual. Mesmo no meio do pó da oficina. Seus olhos enxergavam.

Sem mais a umidade das lágrimas. Aproveitou aquela paz pós-tempestade. Mesmo num reino de reciprocidade precária, naquele momento os pais eram anjos protetores. Benjamim soltou as mãos dos pais. Abriu a porta daquele compartimento isolado. Esfregou o rosto. Perguntou. Baixinho:

O que é adotado?

Desde o dia no orfanato a casa deles não ouvia essa palavra. Desde antes. O equilíbrio construído para circundá-la, sem nunca realmente cair em seu abismo, foi sustentado com eficácia. Até aquele momento. Não havia ponto de partida para aquela pergunta. Nenhum arsenal de respostas. Nada pronto. Nada nem ao menos considerado. Nunca precisaram lidar com ela. E achavam que nunca precisariam.

Dado o tempo de demora na resposta, o menino começou a se arrepender. Benjamim soube: já tinha passado por aquilo. Quando os pais não queriam tocar em um assunto normalmente acabavam o dia em alguma briga onde nenhum dos dois saberia o motivo inicial da discussão.

Quem quebrou o silêncio foi Saul. Apenas para retornar às mesmas frases: não vale a pena remoer o que passou. Já está acabado. Levantou-se. Disse que ia buscar água para Ben. Fugiu.

Saul demorava. As caixas de seus remédios repousavam perfeitamente enfileiradas no canto da bancada. Isabel observou. As cartelas vazias empilhadas no canto. Enumeradas e datadas de caneta *pilot* vermelha. O menino começou a abrir as gavetas. Sem muito objetivo. Só porque deslizavam macias. Na terceira gaveta, uma caixa de ferramentas. O cadeado estava aberto e Benjamim abriu a caixa que se expandiu lateralmente em muitos compartimentos. O menino adorou. No fundo, um rolo de tiras de papelão e de objetos cilíndricos destacavam-se entre ferramentas e parafusos. Ele mostrou para Isabel. A mulher tomou o rolo preso por elásticos.

Desenrolou-o. Analisou cada um dos pequenos e compridos objetos. Os nomes. As datas. Em caneta vermelha. De tinta grossa. Marta, Rute, Mirian e Bethânia. Datas que ultrapassavam uma década. Tinham origens anteriores e atravessavam Isabel. Toda sua história com Saul. Até meses atrás. Isabel conhecia aquele nome: Bethânia. A chefe de Saul. A mulher de olhos mortos. Foi assim que pensou na única vez que visitou o canteiro de obras. Aquela mulher precisava de ajuda. Foi isso que pensou. Isabel poderia ajudar. Pensou isso também. Depois nunca mais pensou nela. Até aquele momento. Quem seriam Marta, Rute, Mirian? Que espécie de desgraça assombrosa era aquela que arrombava sua porta?

Odiou Benjamim por ter aberto aquela caixa.

Benjamim notou o rosto cada vez mais lívido da mulher. A respiração cada vez mais forte e descompassada.

Mãe, você tá morrendo?

Isabel não respondeu. Nem morreu. Enrolou o que via em apenas um elástico. Testes de gravidez. Todos de resultado negativo. Colocou-os na caixa. Fechou. Como estava antes. Trancou o cadeado. Pôs a caixa de volta na gaveta. Chamou Benjamim e saíram da oficina.

Naquela mesma noite, sob o olhar de todos os Santos, houve apenas uma frase que deslocou a família de seu silencioso jantar sob trilha musical de Beethoven.

Isabel não tirava os olhos do prato. A comida quase intocada. Remexia os talheres. Saul queria o banho. O ritual do banho que retomaram com o tratamento.

Então Saul chamou por Benjamim.

Ei, você ainda quer um irmãozinho? – piscou. A pergunta feita num tom de brincadeira que queria se fazer de séria e no final não conseguia se decidir. Foi essa a frase.

Pela primeira vez Isabel tirou os olhos do prato. E esperou. Como quem aguarda o repuxo de uma onda que a atirou de boca na areia. Mas Saul não conseguiu dizer mais nada. Preso num meio sorriso. Indeciso. Inacabado. Inerme. E como Benjamim não conseguisse entender nem o significado nem a seriedade da pergunta, deixou lágrimas escaparem. Lágrimas que nem ele, nem a família poderiam dizer a razão. Maldizendo seu esquecimento, Benjamim retomou a promessa: nunca perguntar nada que pudesse deixar os pais tristes. Nunca perguntar absolutamente nada.

Saul, preso em sua falta de compreensão e escravo do receio, foi para a oficina. Lá, dormiu debruçado sobre a bancada. No dia seguinte apareceria com um cão enorme que chamariam de Brutus.

Isabel levantou-se. Caminhou para o quarto. Ruminava uma goma rígida compacta e infinita. Sulfurosa na boca seca. Na boca do estômago. Ira que se recusava a virar tristeza.

Mastigou seu coquetel. Pílulas que recolheu e identificou apenas pelo tato. Talvez tenha pegado a mais. Não importava. Melhor sobrar. Engoliu com a vodca do pai de seu marido. Aguardou pelos sonhos de olhos fechados. No brilho que reluz no interior das pálpebras quando se aperta os olhos com força viu a Carta: O Diabo. Hermafrodita de asas. Espada quebrada na mão esquerda. Duas crianças. Uma de cada lado. De pescoços atados a uma corda. Carta em posição correta: *Frustração absoluta, imobilidade, obstáculo inexpugnável. Todas as meias-verdades do mundo material aguardando transmutação por meio de sacrifício.*

Isabel não viu quando Benjamim entrou e deitou-se mais uma vez na cama dela. Apenas sentiu o afundar do colchão. O remexer dos lençóis. Dois corpos confusos. Dois corpos feitos de ressentimento e silêncio. Acomodando-se no incômodo. Isabel, perdida em seu entressonho, sentiu que era Isaque afundando o lado esquerdo da cama, atraindo seu corpo que deslizou triste e confuso para uma força gravitacional irresistível.

E pela última vez Benjamim dormiria na cama dos pais. Nunca mais sonharia de novo. E Isabel um dia passaria a ter pesadelos recorrentes. Nos sonhos sentia fome. Muita fome. Desesperada, comia as próprias mãos. E acordava com a dor dos dedos entre os dentes.

9. O milagre da concepção

Vinte e nove semanas do tratamento de Saul. Isabel contou. Com quatro banhos juntos por mês, ela calculou, dava quase 29 tentativas. 2 e 9. Parceria e união. Esforço e amor. Aquele era o nono dia do nono mês de um ano que começava com dois e terminava com nove. No dia seguinte se completariam nove dias de atraso da menstruação.

Mas não aguentaria até o dia seguinte. Precisava contar hoje. Já sentia crescendo dentro dela. Algo intenso. Muito diferente de tudo vivenciado. Seus olhos, nariz e ouvidos podiam mais. Percebia o cheiro do vento. E os sons todos. Chiados, estalos, buzinas, pássaros, passos, vozes. Percebia a luz oblíqua do fim de tarde: um rosa acinzentado. Que se refletia sobre as folhas muito verdes da árvore-da-felicidade. E revelava tons que iam da quase total escuridão até o prateado. Detalhes nunca notados. Até o muro de tinta cal descascando pareceu mais branco e vivo através da janela da cozinha. Os latidos roucos de Brutus eram brados de comemoração, causavam riso. Abriu a porta. Deixou o cachorro entrar. Fez festa. Brutus quase derrubou Isabel. Latiu rouco. Ela jogou bolinhas de brinquedo pelo quintal. Ele correu de um lado para outro, catando. Ela foi atrás. Eles rolaram no chão de terra. Naquela manhã escreveria um texto: *A eterna possibilidade de recomeços.* A editora-chefe do site elogiaria mais que de costume. Vai bater o recorde de curtidas e comentários, repetiria. Arrumou a mesa da copa com uma toalha nova. Do fogão, subia aroma de arroz e feijão frescos e legumes temperados, e do forno: peixe assado com muita cebola e alho e pimentões vermelhos e amarelos. De sua boca exalavam canções de letras inventadas.

A imagem Carta se formou muito nítida no reflexo que a água no balde fez na parede. A Morte, O Arcano Sem Nome. Em posição invertida: *Fertilidade, desenvolvimento. É o tempo da transmutação da carne, da regeneração espiritual.*

Benjamim abriu a porta do quarto. Queria reclamar de Brutus. Da música alta. Não conseguia se concentrar nos estudos. Apesar de não estar estudando, mas lendo gibis. Ele atravessou o corredor. Ela, de costas, cantando alto, inventando frases, não percebeu a presença. Benjamim engoliu o mau humor com saliva, deu as costas, voltou ao quarto. Bateu a porta com tanta força que a parede trepidou. Colocou fones de ouvido e voltou a ler os quadrinhos. Isabel interrompeu a cantoria, exclamou uma reclamação qualquer, mas sem esperar que Benjamim realmente ouvisse e voltou a cantar e lavar louça.

Quando Saul chegou do trabalho a mesa já estava posta. Pratos e talheres dispostos. Das panelas sobre o fogão chegava perfume de comida quente e fresca. O banheiro estava limpo. Uma toalha de banho de textura muito macia e perfumada a amaciante estendia-se no gancho da parede. Um sabonete nunca usado esperava por Saul. Quando saiu do banho tocava Beethoven pela casa. Saul sentou-se à mesa e perguntou por Benjamim. Quando tinha a idade do menino mal podia se dar ao luxo de uma refeição.

Muito menos acompanhado por pais que o amavam. Quis dizer isso mas desistiu. Isabel sorria um sorriso estranho. Feliz demais. Ele não quis estragar.

Ele tá de fone de ouvido. De novo. Naquele volume vai ficar surdo.

É a idade – Isabel colocava as panelas sobre a mesa.

Tem mais de um mês que ele só faz ficar trancado no quarto, reclamar e olhar pra gente com aquela cara.

É da idade. Treze. Você sabe. – Isabel arrumava o prato de Saul.

Foi até o quarto de Benjamim. Bateu à porta. Esperou uma resposta que não veio. Bateu de novo avisando que ia esfriar. Queria falar uma coisa com os dois homens da casa. Benjamim não respondeu.

Saul vigiava a ansiedade nos olhos e nos gestos da esposa. Ligeiros, inquietos e felizes demais. Mas jamais perguntaria o que estava acontecendo. Simplesmente porque teria que ouvir a resposta. A boa notícia para um pode ser a ruim para outro.

Estavam os dois na metade da refeição, sentados um de frente para o outro, cabeceiras vazias. Isabel não aguentou. Levantou-se e voltou à porta de Benjamim. Ele precisava ir agora, mesmo que não fosse comer. Só precisava sentar à mesa com os pais durante dois minutos e ouvir. Depois podia voltar a fazer o que quer que estivesse fazendo. A urgência na voz da mãe abrandou a ousadia raivosa de Benjamim. Não demorou, apareceu na copa e sentou-se à mesa, ao lado do pai, de frente para a mãe.

Isabel observou seus dois homens. Passou os olhos pelos quadros acima de suas cabeças agradecendo baixinho aos Santos. Sem saber muito bem o porquê, Isabel se levantou. Observou o marido parar de mastigar e o olhar entediado do rapaz. Anunciou:

Benjamim vai ter um irmãozinho. Ou irmãzinha.

E voltou-se para Saul e ele teve que ler seus lábios dizendo:

Deu certo dessa vez. Nosso banho.

Acariciou a barriga. Saul engoliu a comida macerada sentindo o bolo de arroz, feijão e carne branca de peixe arrastar-se garganta abaixo. Talvez tivesse engolido uma espinha. Benjamim empalideceu, o rosto nada dizia, os olhos pareciam querer chorar.

Saul postou-se de pé. Duro ereto. O rosto queria sorrir, mas não conseguia. Estendeu as duas mãos na direção da esposa. Pegou as mãos. As mãos dela tão secas e as dele tão suadas. Quis largar para não as sujar. Mas Isabel reteve as mãos do marido. Ele perguntou *como*, ao mesmo tempo que se lembrava do tratamento que vinha fazendo. A palavra "como" saiu gaguejada. Meio rasgada. Como se uma letra R se tivesse metido no meio. E Saul tenta ler a paisagem do rosto da esposa como sempre tentou fazer a vida inteira para saber se ela está pregando uma peça de extremo mau gosto e tudo o que ele enxerga é uma derradeira felicidade e uma sinceridade tão genuína que aquele rosto mal lembra o de Isabel, como se o tempo todo ela houvesse vestido uma máscara que agora caía com a força gravitacional da verdade. Um sorriso confuso transformou o rosto de Saul e ele sentiu o corpo todo muito quente. Isabel apertou mais as mãos do marido. A força da felicidade transformava sua percepção e tudo o que ela conseguia captar era o reflexo da própria alegria.

Benjamim observou aquelas quatro mãos dadas. Pareceram a ele duas pessoas desconhecidas e por um segundo Benjamim foi feliz e depois eram novamente seus pais e ele se perguntou o quanto aquilo iria durar e logo olhou para o ventre da mãe e pensou, bem, talvez agora tudo fique bem para sempre e naquele silêncio que de repente se colocou sobre a mesa ele também uniu suas mãos às dos pais e Benjamim desejou que continuassem em silêncio e fantasiou que de repente os três tivessem se transformado em surdos-mudos.

Terminaram a refeição, todos menos Saul, que não conseguiu mais tocar no prato. Ele e Benjamim ajudaram a tirar a mesa e prometeram lavar a louça no dia seguinte, que era sábado. Isabel chamou o marido para o quarto. Saul alegou trabalho pendente. Seguiu para a oficina no fundo do quintal. Elogiou mais uma vez a comida e num meio sorriso e sem olhar nos olhos de Isabel disse que o peixe estava um pouco seco.

10. A gestação

A queda de Saul foi um movimento gradual. Teve início com a barriga começando a despontar. Primeiro: a descoberta do desejo de vingança de Isabel. Depois: as vozes do pai retornando em sonhos que viravam pesadelo, acusando Saul de tratante, de pai artificial. E então: a notícia do médico. A certeza de que não era pai do bebê que Isabel carregava. Não era. Não podia ser. O ponto mais baixo da queda se deu com Saul abandonando Isabel no dia do parto.

Isabel atravessou os meses de gravidez tropeçando entre sobras de esperança. Em dado momento se agarrou à ideia: Saul mudaria quando pegasse o filho no colo. Tinha lido sobre isso. De certo modo ela acertaria.

Saul na oficina. De porta trancada. Abriu a terceira gaveta da bancada. Retirou a caixa de ferramentas. Abriu. No fundo, os testes de gravidez em negativo. Há meses não pensava neles. Mas foi algo que Benjamim disse. Ele disse o nome de Saul. Não chamou pai. Chamou: Saul. E tentou parar no meio da palavra, mas era uma palavra curta. E falou: pai. Saul fingiu não perceber. E foi para a oficina e na oficina pegou os testes na mão. Estavam enrolados em apenas um elástico. Saul sempre enrolava em dois. Um em cada ponta. Brutus latiu querendo entrar na oficina. Saul mal ouviu. Colocou o elástico que restava. Colocou os testes no bolso. Fechou a caixa de ferramentas. Sabia que Benjamim não tinha mexido. Benjamim nunca tinha entrado na oficina por iniciativa própria. Mas se recusava a acreditar que tinha sido Isabel. Só que tinha sido. Sabia que sim. Sabia agora que Isabel sabia de tudo. Sabia que ela se vingaria. Sabia que ela já tinha se vingado.

No carro. A caminho da pediatra. Saul abriu a janela. Sob vento frio e chuva fina, alegou falta de ar. Isabel observava o canteiro deslizando cada vez mais rápido pela janela. Saul falava para si. Depressa. A voz não se ouvia.

A estrada pareceu correr mais veloz sob Isabel. O asfalto, uma mancha escura. A divisória da pista, um amarelo fugidio.

Saul balançou a cabeça diversas vezes. Balbuciava.

Isabel se limitou a tentar sorrir.

O rosto de Saul cada vez mais teso.

Isabel não via mais separação entre uma risca e outra no meio da estrada. Tudo um borrão só. Isabel apertou um pedal imaginário de freio.

Benjamim de fones de ouvidos. Enormes. Não tirava mais os fones. Jantavam à mesa. Saul bateu o indicador no tampo de madeira frágil. Madeira inadequada para mesas. Benjamim não notou. Saul bateu de novo. Mais forte e mais alto. Benjamim não notou. Isabel deixou de levar o garfo à boca. Saul passou a palma da mão aberta na frente do rosto de Benjamim. Ele parou de comer. Saul apontou para os fones. Em mímica, mandou tirar. Benjamim não entendeu. Saul nunca tinha pedido. Saul repetiu o pedido. Benjamim pediu para continuar. Saul estendeu a mão. Com a outra cerrou o punho e bateu no tampo frágil da mesa. Foi um soco fraco. Uma espécie de tiro de alerta. Mas que fez tremer os pratos, os copos e a garrafa d'água de vidro translúcido. Benjamim estendeu os fones. Saul pega o objeto e leva ao ouvido e ouve um trecho da música e atira os fones no chão. Benjamim perplexo. Não conseguiu se levantar da mesa. Os olhos perdidos nos retratos dos Santos. Não conseguiam encarar o pai. Arregalados.

Isabel. Respirou fundo soltando o ar pela boca. Olhou o teto. Mas não conseguiu segurar. Correu ao banheiro e vomitou sujando a borda do vaso sanitário. Voltou.

E eles terminaram de jantar.

Benjamim não usava mais fones. Nem estava à mesa. Jantava no quarto de música alta. Abafando o silêncio lá de fora. Isabel ajeitava a barriga sob a mesa. Esticava o braço para alcançar o prato. Soprava o caldo quente de sopa na colher. Saul estancou uma mordida. A boca aberta e os olhos estatelados. Ficando vermelhos. Levantou-se permanecendo de corpo curvo sobre si. Meteu a mão dentro da boca. Os dedos esticados em pinça caçando. Buscando a espinha presa à garganta. Os olhos ficando mais vermelhos. Isabel que deixou o caldo da sopa derramar sobre o colo não se mexeu. Apenas pôs a mão esquerda sobre a barriga. Saul tirou a espinha. Grande e pontiaguda. A boca aberta deixando um fiapo de baba escorrer. Um fiapo que ainda se unia curvo à espinha. Colocou a espinha no canto do prato. Sentou-se. Olhando para o prato, respirou fundo. Limpou os olhos marejados com as costas da mão.

Levantou-se. Sem olhar para Isabel abriu a porta dos fundos. Chutou Brutus. Embrenhou-se na oficina.

Isabel só enxergava a imagem da espinha. A baba que se esticava dela. Sentiu o refluxo. Empurrou a cadeira para trás. Escancarou a porta do banheiro. Quase escorregou no piso de azulejo úmido. Os ossos dos joelhos encontraram o duro do chão. Levantou a tampa do vaso sanitário. Isabel vomitou. Um jato bruto expelido por boca e narinas. Isabel apoiou o ventre. Viu a porta do quarto de Benjamim se abrir. O rosto dele lá do alto. Confundindo pena e aflição e raiva. Dela e de si.

Quer ajuda?

Isabel não respondeu. O hálito ácido e podre. Balançou a cabeça em negativo.

Na minha vez você também ficou assim?

Isabel não entendeu. Depois entendeu. O susto no rosto se transformando em medo de que naquele mesmo rosto assustado se estampasse a verdade. Não respondeu. Ajoelhada, abraçou o vaso. Como quem reza, vomitou mais uma vez. Ergueu os olhos muito úmidos para o alto. Pediu a Deus uma resposta. E ela veio. Pela boca de Benjamim. Sua voz. Ele, na fresta da porta. Na fresta da porta exatamente como Isaque mais de uma década atrás. A voz absurdamente parecida. Perguntando:

Você tá bem?

Aquela voz que não era mais de criança. Aquela tarde há mais de dez anos. Isaque perguntando se ela estava bem. Aquela tarde ansiosa no orfanato. Ainda não sabia nada sobre a criança que levaria para casa. E lembrou-se de Isaque andando pelo corredor. Sorrindo. Dizendo que tudo ia dar certo.

E tudo se revelou a Isabel.

Ela se levantou. Pediu que Benjamim fechasse a porta. lavou o rosto com muita água. Abaixou a cabeça até o jato d'água atingir a nuca. Tudo estava claro. Escovou os dentes. E foi para o quarto. Era um e apenas um único assunto que Saul evitou nesses meses de gravidez. Podia dizer pela respiração dele, fazendo o peito subir e descer devagar e com força, como se estivesse se controlando. Podia dizer pelos olhos que vagueavam pelas paredes atrás dela e nunca em seus olhos. Saul julgava que ela era tão suja quanto ele. Isabel não se espantou. A projeção era um dos artifícios mais utilizados pelo inconsciente humano, ela já tinha escrito essa frase em um de seus livros. E Saul era apenas mais um humano como todo o resto. Como ela própria. Não era mesmo?

Pelo menos tinha acabado, ela pensou. Quando Saul perguntasse, ela poderia afirmar sem pestanejar: nunca encontrou Isaque desde o dia em que adotaram Benjamim.

Uma Carta: A Justiça. Em posição correta: *Lei, Virtude, Razão e Integridade.*

Eu sei que é uma situação de ansiedade extrema, de um aperto no peito ao mesmo tempo sufocante e estonteante, eu também ando pela casa esquecendo o que ia fazer e me pego o tempo todo preocupada e pedindo e fazendo promessas aos meus Santos, às vezes parece que vou desmaiar de preocupação, mas é assim mesmo, não é? Deve ser para todo mundo, e sei que para você não é diferente. Isabel quis dizer tudo isso em um tom de reconciliação com o marido e disse, mas não nessas palavras e não no tom que esperava imprimir. Ouvindo sua própria voz ela apalpava a inutilidade das palavras e sua extrema inabilidade em manejá-las, tão diferente de quando escrevia seus livros. Saul não respondeu. Levantou-se sem quase tocar no café que a esposa havia preparado. Saía com uma expressão de quem queria cuspir no chão, mas retinha a saliva na boca no último instante. Você se acha tão importante, ele pensou em dizer, mas é pior do que eu. Nada disse.

Saul na oficina. Tirou um envelope dobrado do bolso de trás. Rasgou em dois, quatro, oito pedaços até não ter mais força para rasgar as folhas. Jogou na lixeira. O resultado da contagem de espermas agora despedaçado e esquecido no lixo. A contagem que só ele conhecia. Ele e o médico falador. Não tendo o retorno de Saul, o médico telefonou várias vezes. Telefonou para avisar que a contagem de Saul tinha sido baixa. Para reforçar a apunhalada que o resultado no interior daquele envelope já tinha dado. Para lembrar que Saul não era homem. Saul não retornou ao consultório então não soube que aquela contagem poderia ser revertida. Saul apenas mastigou fúria. E culpou os remédios contrabandeados por Isaque.

Saul não acompanhou Isabel em mais nenhuma das consultas médicas.

E quando chegou o dia do parto, Saul desapareceu. Telefone desligado. No trabalho, nada. Isabel discou 190 e desligou quando ouviu a voz da atendente.

Foi Benjamim quem arrumou a bolsa da mãe: roupas, acessórios, documentos. Havia pesquisado na internet durante meses e sentia-se preparado. Chamaram um táxi. Benjamim não perguntou pelo pai. Brutus acompanhou os dois até o portão. Não latiu.

O celular tocou no dia seguinte. Isabel amamentava Rebeca. Benjamim atendeu. Passou para Isabel. Era da delegacia de polícia.

Isabel se viu aprisionada num teatro do absurdo.

11. Os olhos de Rebeca

É ele. – Benjamim passou o telefone.

Raiva se misturou à alívio. Às duas sensações sobrepunha-se uma espécie de decepção. Decepção porque Isabel gostaria que Saul sumisse para sempre. Achou que a culpa se misturaria àquele caldo rançoso. Mas não.

...

Tá tudo bem?

Tudo se passou bem. – Isabel respondeu e ouviu alarido ao fundo, palavras de ordem, objetos de metal se arrastando. Ela trocou o telefone de ouvido. Esperou Saul dizer mais alguma coisa. Ele não disse.

Rebeca é saudável.

Rebeca. – Ele repetiu para si.

...

Bonito.

...

Eu tô bem também.

Ok.

Não precisa se preocupar.

Um-Hum.

Só preciso de uma coisa.

...

Foi uma briga estúpida. Um idiota qualquer. Só que o amigo dele é policial. Mas eu tô bem. Não aconteceu nada. Eu juro. Só que perdi o celular, a carteira... Só precisava que você viesse aqui e trouxesse um documento meu e um pouco de dinheiro.

...

Quer dizer, você não. Liga para alguém do trabalho. Não sei. Pode ser a Bethânia. É, pede para ela, por favor.

Quem?

Minha chefe... não, deixa, eu... Deixa.

Isabel afastou o telefone do ouvido.

Eu tô bem. Não precisa se preocupar. Eu dou um jeito.

Tem seus olhos.

Quê?

Ela tem seus olhos

Quem?

Rebeca.

Isabel desligou.

Isabel procurou o telefone do amigo na agenda. Pediria para Isaque emprestar dinheiro a Saul. Não havia dúvida nem confusão. Sua cabeça pensava com clareza: era desejo de vingança. Muito calmo e consciente. Simples. A imagem de Isaque ajudando Saul. A imagem do marido humilhado. Sendo ainda mais humilhado. Isabel mordeu o lábio.

Primeiro o telefone tocou, tocou e tocou. Depois, caixa postal. Na terceira tentativa a mensagem era de número inexistente. Olhou para Benjamim recostado na poltrona das visitas. Mas não conseguia imaginar o filho pegando ônibus ou táxi sozinho. Nem conseguindo achar documentos. Nem sacando dinheiro em caixa eletrônico. Muito menos indo até a delegacia e resolvendo a situação. Quase quatorze anos de inutilidade.

Isabel desliga o celular e começa a imaginar uma pequena palavra *Foda-se* formada por letras fofas dentro de seu peito e essa palavra vai crescendo e crescendo até Isabel ser tomada por uma tranquilidade esquisita e é como se tivesse desligado um interruptor ou cortado um fio.

Recebeu alta no dia seguinte.

Abriu a porta da casa. Seus pés reconheceram o chão ainda mais empoeirado. Tomou um banho demorado e quente. Benjamim vigiava a irmã dormindo no berço. Isabel deu banho em Rebeca. Esperou Benjamim se arrumar. Apresentou a nova moradora da casa para Brutus. Ele não latiu. Só gemeu baixinho. Reconhecendo. Cheirou devagar a bebê. Observando de orelhas quietas e olhos brilhantes. Bom garoto, Isabel afagou a cabeça de Brutus. Separou a carteira de trabalho de Saul, que estava na segunda gaveta da cômoda ao lado da cama. Levou os filhos para o carro. Passaram em um caixa eletrônico. Sacou dinheiro e rumou para a delegacia.

A camisa social azul de mangas compridas estava sem os três botões de cima. A calça jeans tinha um rasgo na altura da coxa. As unhas sujas de terra. No olho esquerdo, um hematoma.

Eu tô bem.

Chegando ao carro, avistou a bebê no colo de Benjamim, no banco de trás. Abriu a porta do carona, sentou-se, colocou o cinto. Não se virou. Não olhou. Benjamim disse com uma voz aguda e baixa: olha o papai. E foi quando Saul ajeitou o retrovisor. O bebê esticava as minúsculas mãos para o alto. Tentava alcançar algo invisível. Seus pequenos olhos muito arregalados. Saul soltou o cinto e se virou.

Esticou o corpo entre os bancos do carro. Seu rosto todo se iluminou.

Eram olhos Castanhos. Castanho-madeira. Uma esperança quente recobriu o corpo de Saul. Nenhum traço de verde safira felino na íris de Rebeca. Apenas espaço para Saul. A cria de Saul. Rebeca era filha de Saul. E aqueles olhos eram a prova incontestável.

Nada podia tirar isso dele. Nada. Nem mesmo o médico que falava demais. Médicos. A classe que mais comete erros. A contagem era baixa, mas foi suficiente. Os remédios de Isaque tinham funcionado. Quase sentiu pena de Isaque. O sangue escorrendo da boca enquanto ele implorava para Saul parar. Quase. Mas sentiu pena foi de Isabel. Como podia ter desconfiado dela? Isabel nunca seria capaz de trair Saul. Nem com Isaque. Nem com ninguém mais. Ninguém. Um segundo amante era impossível. Saul sabia disso. Conhecia todos os passos da mulher. Saul era o único homem de olhos escuros que Isabel conhecia, e Saul olhou nos olhos de Benjamim e quase disse essa frase em voz alta, e então pegou a bebê no colo.

Nós fizemos mesmo isso – disse para Isabel. Mas sem olhar para a mulher. Só conseguia olhar para Rebeca. Aproximou-se da menina. – Você estava certa. Os olhos dela são lindos. São lindos demais. É a coisa mais bonita onde eu já me vi.

Isabel recebeu mensagem de Isaque alguns dias depois. Ele relatava uma perna quebrada e o queixo deslocado. Só não processava Saul porque isso poderia afetar Benjamim. Pediu para Isabel nunca mais aparecer na vida dele.

Ela não respondeu. E obedeceu ao amigo apenas em parte. Porque viria a procurar Isaque mais uma vez. E essa sim seria a última.

Isabel não comentou com o marido sobre aquela mensagem. Tudo já estava no passado. Era onde deveria continuar. Intocado.

12. O inepto

Isabel sabia que não tinha sonhado: o choro de Rebeca era real. Mas era a terceira vez que acordava na madrugada, difícil discernir sonho de realidade. Saul perguntou se ela queria ajuda. Mas ele tinha ido da última vez. Ela abanou a cabeça. O berço ficava no quarto de Benjamim. Abriu a porta. À meia luz do abajur Benjamim embalava Rebeca. Aninhada em seu casaco de moletom cinza. Curvava-se sobre ela. Como se pudesse absorver a febre da menina. Sugar seu calor. Curá-la através do toque. De seu amor. O rosto de Benjamim segurava o choro. Sussurrava uma canção de ninar. Não ouviu a mãe chegando. Isabel parou sob o umbral, exausta, decidindo se voltava para cama. Rebeca tinha diminuído o lamento estridente. Resmungava baixo, incomodada pelo nariz entupido e pela febre que não passava. Isabel se aproximou. Benjamim voltou o rosto assustado. Um rosto molhado.

Não vai passar? – com os olhos afogados, temia a resposta.

Isabel não respondeu. Tomou o corpo pequeno e quente nos braços. O lenço de pano insistindo em se prender ao braço do menino. Isabel puxando o lenço apertado entre os dedos. O pano roçando áspero o corpo do rapaz. Benjamim fingindo que não machucou.

Eu não tô cansado. Posso ficar.

Isabel abanou a mão e bocejou. Na semiescuridão caminhou até a mesinha de cabeceira. Abriu a gaveta. Tateou, buscando o termômetro e a solução descongestionante.

Está na gaveta de baixo.

Isabel fechou a primeira gaveta. Abriu a segunda com força. Vasculhou. Tirou a caixa de remédio. Entregou o termômetro na mão de Benjamim. Tirou o remédio da caixa.

Deixa que eu dou...

Shhh.

Isabel aplicou em uma, depois em outra narina de Rebeca. A bebê passou de resmungos para um choro alto e estridente. Isabel mediu a temperatura. Esperaram. Tinha baixado. Sentou-se.

Isabel mandou Benjamim ir dormir. O rapaz permaneceu sentado. Observando o rosto contorcido da irmã. Tocou a mão diminuta. Segurou de leve os dedos. Fechou os olhos. Como quem tenta uma última vez absorver o calor. Isabel levantou-se rompendo o elo. Benjamim observou os vultos atravessarem o quarto. Saírem pela porta. Sumirem. Apenas o choro cortando a escuridão. Forçando os ouvidos de Benjamim. Isabel cruzou o corredor e parou na cozinha. Pendulava o corpo de um lado para o outro. Embalava a filha enquanto cantava baixinho. Sentiu o choro perdendo a força. O corpinho distensionando. As narinas muito abertas conseguindo puxar o ar. Os olhinhos escuros explorando a escuridão. Aqueles olhos.

De manhã:

Preciso que você vá na farmácia.

Isabel leu o medo no rosto.

Você já tem quatorze anos.

Benjamim não respondeu.

Não faz essa cara. Eu vou anotar tudo. Não quero pagar taxa de entrega se a farmácia fica na esquina.

Benjamim continuou sem responder.

Isabel anotou as medicações e as fraldas com marca, tipo e tamanho. Estendeu o papel para Benjamim.

O garoto pensou em dizer: Eu posso ficar com Rebeca. Ela fica no berço. Eu sei trocar fralda. Sei dar banho. Dar comida. Mas não disse. Pegou o dinheiro e as anotações. Colocou o dinheiro no bolso direito e as anotações no esquerdo. Repetiu mentalmente onde guardou cada coisa. Meteu as mãos nos bolsos apalpando para garantir mais uma vez que estavam lá. Saiu pelas portas dos fundos. O coração querendo acelerar. Desprendeu a guia de Brutus do muro. O cachorro latiu quase sorrindo. Ansioso por ganhar a rua. Isabel apareceu no quintal.

Não leva o cachorro.

...

Onde você vai prender o Brutus?

Benjamim ficou tentando achar uma resposta. A frustração querendo se transformando em raiva.

Não pode entrar na farmácia com ele, garoto!

Eu sei...

Não parece.

Percebendo que não sairia, Brutus retornou e se aninhou em Isabel. Ela calada. Sentada no degrau da varanda. Sentia que enquanto Rebeca não crescesse, Brutus seria sua única companhia. Abraçou o corpo do cão.

Não havia um dos remédios que a mãe pediu. O atendente perguntou se servia genérico. Benjamim não respondeu. O homem perguntou novamente. Benjamim permaneceu com a mão estendida, o bilhete que a mãe anotou entre os dedos fechados. O atendente analisou Benjamim. Tinha chegado com o pedido anotado. Não disse nada. Apenas estendeu o bilhete. E agora não respondia. Devia ser surdo. Ele pegou um pedaço de papel e escreveu a pergunta com letras rápidas. O suor de benjamim escorria pelas têmporas. Seu estômago começava a gelar. Não sabia o que responder. Já viu perguntarem aquilo para Isabel, e ela respondeu que sim. Mas esse também seria o caso? Naquele dia eram outros remédios. E genérico não era de pior qualidade? E se chegasse em casa e ela brigasse com Benjamim? Já tinha 14 anos. Não podia continuar fazendo tudo errado.

O atendente começou a perder a paciência. O olhar do homem começou a amedrontar Benjamim. Não podia voltar para casa sem os remédios. Não podia fazer isso com a irmã. Mas não podia comprar errado. Também não podia fazer isso com a irmã. Benjamim sempre fazia tudo errado. Poderia simplesmente responder que não sabia. Que iria em casa perguntar, afinal, morava perto. Mas nada disso passou pela cabeça. Talvez confessar que não sabia entregaria o fato de que era só uma criancinha. Coisa que ele não era mais, não era mesmo.

Uma das atendentes leu a angústia crescente do menino. Aproximou-se. Com voz amigável propôs solução. Ele levaria apenas um e depois voltaria para pegar o outro. Ela até reservaria o remédio. Benjamim aceitou com um aceno de cabeça. O rosto queimando de vergonha. O corpo frágil misturando humilhação e alívio. Só não sabia como voltaria para casa e explicaria aquilo. Também não sabia se seria capaz de retornar àquele mesmo estabelecimento. Então, inventou para a mãe que naquela farmácia não tinha o remédio e disse que iria na outra, mais longe.

Isabel bufou enquanto abria a caixa. Benjamim evitou os olhos dela. Apressado para sair de novo. Dessa vez em direção à farmácia mais longínqua. Guardava raiva.

Esqueceu de perguntar se poderia ser genérico.

13. O cão Brutus

Era pesado. Talvez pesasse mais que ela. Isabel carregava o animal sobre os dois braços. Embrulhado num lençol branco. Grudado ao peito. Como um açougueiro carregaria um filho. Foi a imagem que lhe veio à cabeça enquanto tentava equilibrar o peso de Brutus. Sua coluna vergando alguns ângulos para trás. Só não sabia para onde estava levando o corpo do cachorro. Por isso parou. Compreendia que não poderia tê-lo deixado no meio do quintal, sob a chuva fina que insistia desde o dia anterior. Por que não podia? Agora ele estava morto, não importava mais o lugar que o corpo vazio ocupava. Mas se lembrou do primeiro pensamento ao encontrar o cão sem vida: não podia deixar as crianças encontrarem Brutus naquele estado: inerte e vazio, olhos entreabertos e língua pendendo fora da boca. Mas ainda não sabia para onde estava indo. Passou tanto tempo parada que teve de descer o animal até o chão. Braços e costas doíam. Ajoelhada, ajeitou o lençol sobre o focinho de Brutus. Como algo tão organicamente vivo, tão faiscante em olhos, latidos, rabo e movimentos amigavelmente bruscos podia de repente não existir mais? Isabel prendeu a respiração e fechou os olhos. Se fechou na escuridão. Mesmo na escuridão ela continuava existindo. Continuava precisando lidar com a ausência abrupta e definitiva do ser que conviveu com ela, Saul, Benjamim e a filha por quatro anos. Continuava precisando lidar com a dor. Não era justo. Algo na constelação das coisas estava quebrado. O relojoeiro havia faltado ao trabalho. Ou ela que não enxergava os motivos por trás das aparências?

O corpo de Brutus no chão. Envolto na mortalha. Tinha as dimensões do dela própria. Uma cova que caberia qualquer um dos dois. Ela poderia deitar-se nela e descansar. Trocar de lugar com Brutus. Repousar de forma definitiva. Apagar toda aquela dor enrijecida, uma culpa inidentificável. O lençol branco sobre o corpo enviesado formou imagem. Uma Carta: A Lua. Em posição correta: *Pensamentos perniciosos, mau agouro e amor maternal. A terra afogando o espírito.*

Abriu a porta dos fundos. Entrou. Recolheu de cima da mesa um livro sobre o uso do Tarô em constelações familiares. E também uma caderneta de observações, uma panela e um prato sujo. Recolheu as roupas de Saul espalhadas sobre as cadeiras. Recolheu o casaco de moletom cinza de Benjamim. Nada havia de Rebeca. Uma menina que guardava suas coisas. Com quatro anos. Estendeu uma toalha de plástico sobre a mesa. Aquela mesa de madeira frágil que aditava a família. Voltou ao quintal e trouxe Brutus. Estendeu o corpo esvaziado sobre a mesa. Aquela mesa que não era de madeira de Lei. Teve receio de a mesa vergar sob o peso do animal. Sentou em uma das cadeiras. Então levantou-se e afastou as cadeiras da mesa empurrando-as para a parede. Enfileiradas uma ao lado da outra. Como se observassem Brutus. Dispôs novamente as quatro cadeiras em volta da mesa. Abriu o lençol e não conseguiu enfrentar os olhos inexpressivos e úmidos de Brutus. Um tubarão na bancada de um mercado de peixes. Cobriu de novo o cachorro. Um menino envolto em mortalha branca. Tentou não chorar, mas não conseguiu.

Era uma mistura de fúria com impotência. Muito mais fúria do que qualquer outra coisa. Cruzou os braços e avaliou a composição da imagem formada. O corpo enrolado no lençol branco sujo de terra sobre a mesa forrada de uma toalha velha de plástico. Permaneceu imóvel. Poderia esperar pela família o dia inteiro naquela posição. Braços e costas doíam, mas não as pernas. As pernas aguentariam. Não sentia fome. Nem vontade de ir ao banheiro. Poderia esperar o dia inteiro por eles.

Não.

Talvez se os três chegassem juntos. Mas primeiro Benjamim e a filha chegariam da escola. Saul só mais tarde.

Perambulou até o meio do quintal sem objetivo claro. Abriu a porta da oficina de Saul. Notou ao atravessar a porta, e notou com uma força de clareza que a tonteou de leve, que poucas vezes havia entrado ali e então aquela clareza iluminou sua cabeça por dentro e então Isabel enxergou cada detalhe do quarto mesmo no lusco-fusco de antes de acender a lâmpada: a parede cinza cru de concreto sem tinta, a bancada de madeira clara e tábuas pregadas e parafusadas por Saul, as teias de aranha nos cantos do teto, os utensílios de jardinagem que nunca usou e as ferramentas de obra apoiadas entre a bancada e a parede do fundo. Aquele lugar lhe embrulhava a alma.

Voltou carregando uma picareta. Era bem mais pesada e difícil de usar do que parecia. Abriu espaço na parte do quintal onde mato se misturava com grama mal cortada retirando pedaços podres de tábuas velhas. Gongolos, besouros, lacraias e formigas pretas escorreram e deslizaram e andaram e correram com suas muitas patas, fugindo com pressa ou não. Isabel deixou a tábua cair das mãos, assustada. Então pegou com a ponta dos dedos e arrastou os pedaços podres de madeira até outro canto do quintal. Erguendo a picareta sobre a cabeça golpeou a terra com força. Cavou. Quando alcançou o mais macio da terra, voltou à oficina e pegou uma pá. Cavou por mais de uma hora. A chuva fina se misturando ao suor melava os cabelos e descia pelos olhos, cegando-a. Fazia a roupa grudar no corpo e as mãos escorregarem no cabo de madeira da pá.

Abriu um buraco oval que cobria até suas coxas. Tudo doía. Seus músculos ardiam. Saiu do buraco. Limpou a sola dos tênis sujos de terra no tapete da entrada. Desceu o cachorro da mesa até o chão. Não teria forças para carregá-lo no colo. Pegou com as duas mãos nas extremidades do lençol e arrastou Brutus pela copa e desceu para o quintal num baque do corpo pesado no desnível do terreno e arrastou-o até a cova. Percebeu que a chuva tinha parado. Olhou para cima, tudo muito cinza, muito claro com o fulgor frio da manhã. Fez o sinal da cruz olhando para o céu. Não sabia exatamente porque o fez. Apenas se lembrou do que a mãe fazia. Ponderou se jogava Brutus com o lençol na cova ou se deixava o animal ter contato direto com a Mãe Terra. Nu como veio ao mundo e como nele viveu. Criatura pura e muito mais próxima de Deus que qualquer um de nós pecadores. Sua mãe dizia que gostaria de ser enterrada nua e sem caixão. Isabel tinha nojo da mãe. E ela dizia na frente de qualquer um. Na frente das amigas de Isabel. De seus namorados. Isabel tinha nojo da mãe. De seu corpo grande, opulento, de uma presença que ocupava toda a existência de Isabel. A mãe não queria caixão. O mercado funerário era o mais funesto que existia. E dava uma risada volumosa. A rainha dos trocadilhos. Era uma risada que se propagava em todos os espaços: o ar em volta de Isabel, orifícios, embaixo da unha, ouvido, boca, nariz, fazia de respirar um ato quase impossível. A mãe de Isabel dizia, rindo:

Me levem para o alto de um morro, cavem bem fundo, me joguem lá, e plantem uma mangueira, mas tem que ser manga coração-de-boi.

Quando a mãe descobriu sua doença fez dela manchete. O que para Isabel devia ser tratado na intimidade que a gravidade requeria, para a mãe de Isabel só poderia ser encarada se partilhada com o maior número possível de pessoas. Ela não usou lenço, não usou peruca. Ela raspava até as sobrancelhas. Dizia para qualquer um que os pelos pubianos floresciam mais do que nunca. O que devia ser incompetência da radiação ou piada divina. Deus, aquele bufão. A mãe de Isabel definhou o quanto pôde em sua própria casa. E quando não pôde mais definhar no hospital pediu para pararem tudo. Chamou Isabel. Mandou desligarem as máquinas. E quando estavam sozinhas no quarto disse que já tinha aproveitado tudo o que era permitido a um ser humano. E algumas coisas que não eram permitidas também. Não havia um só vestígio de descontrole. Ela tinha total domínio sobre as faculdades mentais. Repetiu onde estavam os cartões do banco, os cartões de crédito e as senhas. Repetiu onde estavam os documentos da casa e do carro e repetiu que tudo agora era de Isabel. A casa com tudo dentro. Contou sobre o desvio de material que perpetrou no trabalho por anos. Desviava parte dos alimentos que seriam doados a orfanatos e abrigos. Nunca ninguém descobriu. Pediu para Isabel vender o carro e doar todo dinheiro a uma instituição de caridade. Contou coisas que nunca tinha dito. Como o fato de se ressentir da mãe, a avó de Isabel, por ela nunca ter dado o mesmo amor que ofereceu à tia de Isabel, mesmo que essa tia nunca tenha merecido esse amor. Nunca! Repetiu quase gritando. Contou que sempre preferiu o pai e que nunca tinha superado a tristeza de ter perdido esse pai tão nova. Contou que culpou a mãe durante anos pela morte do pai, mesmo sabendo que isso era absurdo, e que quando percebeu esse absurdo não pediu desculpas à mãe e que foi por isso, principalmente, que tinha chorado daquela forma e dado aquele escândalo no enterro da avó de Isabel. Tudo isso a mãe de Isabel disse no leito do Hospital Nossa Senhora das Dores, na ala de oncologia. Câncer no seio. Logo ela. Tão vaidosa. A teta esquerda extirpada.

E Isabel ouviu segurando a mão da mãe. A cada revelação Isabel pedia para ser a última. Crescia um medo terrível de ter de carregar algum segredo insuportável da mãe pelo resto de sua vida. Mas foi só isso. A mãe parou de falar. E cerrou as pálpebras devagar. Isabel sentiu os olhos molhados e chorou. E a mãe abriu os olhos e pediu água. E pediu para Isabel batizar a água e piscou um olho. Morreu duas semanas depois.

O que a mãe de Isabel não contou. Isso é o que mais importa. Isso Isabel descobriu no dia do enterro da mãe. Quando a tia a visitou. Aquela tia que sempre tinha sido apenas uma foto na gaveta do armário da mãe de Isabel. A tia veio pedir desculpas por ter sumido todos aqueles anos. Isabel, é claro, disse as frases de praxe, eu entendo, coisa de família. A tia olhou Isabel de um jeito muito sincero e profundo e sentido. Não queria nada. Apenas precisava dizer que biologicamente, ela usou exatamente esse termo, biologicamente era a mãe de Isabel. Isso a mãe de Isabel não tinha contado. E Isabel percebeu que tudo tinha muito sentido. E a tia/mãe biológica contou que cogitou abortar Isabel, mas foi dissuadida pela irmã. E que a irmã tinha prometido criá-la como se fosse dela. E que ela percebeu naquilo uma tentativa da irmã de se sentir moralmente superior como sempre fazia. E contou que depois de ter Isabel a entregou e sumiu. Mas fez questão de realçar que a irmã era a verdadeira mãe de Isabel. E que a irmã se dedicou e amou Isabel com um amor absoluto. Sempre alegre e orgulhosa. Sabia muito bem disso pela avó de Isabel. Notícias que ela recebia frequentemente mesmo sem fazer questão. Isabel podia estar certa disso. E depois foi embora e sumiu de novo e nunca mais apareceu e Isabel sempre agradece por ela não ter voltado.

Isabel endireitou o lençol sobre Brutus. Envolvendo o animal com cuidado. Sem deixar uma única ponta solta. Um sudário. Correu para dentro de casa. Pegou o livro de guia dos Santos, ricamente ilustrado, abriu na página de São Francisco. Leu a oração. Mão esquerda espalmada no ar, movendo os lábios, observou o efeito de suas palavras. É morrendo que se vive para a vida eterna. Depois puxou o cachorro para dentro do buraco e o cobriu com terra usando a pá e depois as mãos até todos os dedos terem terra embaixo das unhas. Puxou as velhas tábuas de volta. Queria lembrar do dia em que Brutus chegou à casa deles, mas não conseguia. Não conseguia nem se lembrar se era um filhote, pequeno fofo e indefeso. Como se ele sempre tivesse sido aquele gigante gentil e inconveniente, e isso a fez chorar.

Precisou limpar as lágrimas porque as crianças já estavam chegando. Jazia exausta, não sabia se tomaria banho. Só queria estar na cama. As cortinas grossas cerradas. Escuro. A porta do quarto trancada. Naquele dia choveria mais.

Quando Saul chegou a primeira coisa que Isabel disse foi:

Você se lembra da minha mãe?

Como assim?

Você se lembra dela?

Claro – hesitou por um longo tempo em perguntar. – Por quê?

Nada.

Isabel no quarto. Não sairia naquela noite. Não jantaria.

No jantar, os olhos de todos os Santos nas paredes acompanhavam os movimentos da família. Rebeca perguntou de novo onde ficava o sítio. O pai repetiu que não poderiam fazer visitas durante um tempo. Fazia parte do processo de adaptação. Rebeca perguntou mais uma vez. Dessa vez olhando para Benjamim. O irmão não respondeu e olhou para o pai. Rebeca com seus quatro anos de idade repetiu a pergunta. Agarrada à unha. Saul retrucou que ela precisava comer.

Ele estava triste com o quintal apertado. Precisava de espaço. Precisava correr livre. Precisava da companhia de outros animais. – Benjamim disse.

Rebeca, muito pequena, percebeu nos olhos do irmão que ele dizia a verdade. Quer dizer, que ele realmente acreditava no que estava dizendo. E assim, mesmo sem acreditar, Rebeca passou também a acreditar. Largando para trás algo que parecia irrecuperável. Adaptando-se ao formato da mesa frágil que dividia com a família. Procurando acomodar-se.

Saul acabou a refeição e se guardou na oficina, de fones de ouvido, ouvindo Beethoven e tentando remontar algum aparelho doméstico.

Benjamim recolhe os pratos e os talheres e lava e enxuga e guarda a louça e repassa os trabalhos de casa de Rebeca e arruma o material escolar do dia seguinte na mochila dela. Mais tarde, depois de terem brincado um pouco de quebra-cabeça e jogo de adivinhação, Benjamim coloca Rebeca para dormir. Ela pergunta se Brutus está bem. Ele finge que não ouve.

14. A outra Rebeca

Benjamim gostava do domingo. Podia levar Rebeca ao parquinho. Atravessar a rua de mãos dadas, mesmo que não fosse necessário. Descer no escorrego com Rebeca no colo. Empurrá-la no balanço. E deixar a irmã de castigo no alto da gangorra. Ele prometia não fazer, mas sempre fazia. E Rebeca ria ainda mais. Gargalhava.

Fazia frio. Rebeca vestia o casaco de moletom cinza de Benjamim. Grande, largo e desencontrado sobre o corpo. Ela brincava de se esconder por completo no casaco.

A menina conhecia todas as crianças. Organizava as brincadeiras. Mas hoje não havia crianças. Tinha chovido. O parque era todo um vazio intercalado por brinquedos úmidos e poças d'água. Benjamim foi escolhido para o pique-esconde. Guardou a revista em quadrinhos no bolso. Contou até dez enquanto espiava com olhos por entre os braços. Rebeca fez o irmão contar de novo. E prometer que não ia olhar. Em movimentos solenes ele se sentou no banco de concreto úmido da praça, dobrou os braços sobre os joelhos onde enfiou a cabeça e recomeçou a contar em voz alta. Rebeca partiu em disparada entre os brinquedos. Benjamim ouviu os passos sobre a grama molhada distanciando-se até se apagarem por completo.

Ainda contou mais trinta números. E passou mais um tempo de olhos fechados. O corpo dobrado. O rosto apoiado sobre as mãos sobre os joelhos. Deu sono. Bocejou. Piscou. E então ergueu a cabeça. Assustado. Como se tivesse cochilado por anos. Esfregou os olhos. E ergueu o corpo e girou a cabeça e a praça estava vazia. Nem latido de cão se ouvia. Só um vento fino que ressoava no ouvido insistindo em gelar as orelhas. De movimento, só o vai e vem lento do balanço.

Benjamim deu mais um giro em torno de si. Vasculhou com os olhos os possíveis esconderijos. Partiu na direção do balanço. Atravessou os brinquedos desviando das poças de água. A casinha de madeira era um local óbvio. Deu batidinhas no telhado e espiou pela janela, mas sabia que Rebeca não estaria lá. Espreitou por detrás do grosso tronco das velhas amendoeiras. Aproximava-se devagar da árvore e rodeava com passos silenciosos esperando pegar a irmã de surpresa. Ela não estava em nenhuma delas. Restavam os bancos de concreto do lado oposto da praça. Seria necessário agachar-se se Rebeca quisesse realmente se esconder atrás deles e com o chão de areia molhado Benjamim achava pouco provável que a irmã fizesse isso. Mas Rebeca era competitiva. Chegou com pés leves vagarosos aproximando-se dos bancos em ângulo aberto para dar tempo de a irmã correr e vencer caso estivesse ali. Mas não estava.

Benjamim olhou em volta sondando à distância cada lado da praça. Apenas o mesmo vento fino. Um quase silêncio. Caminhou lentamente para o ponto de partida. E começou a desejar que ela saísse correndo de repente de um lugar qualquer gritando que o tinha enganado e que tinha vencido o jogo, com as palavras atrapalhadas por aquela alegria espalhafatosa. Mas ela não apareceu. E Benjamim andava cada vez mais devagar. Começou a imaginar que se chegasse ao ponto de partida e a irmã não aparecesse, ela nunca mais apareceria. E pensou que não saberia o que dizer em casa. E que o pai e a mãe também não saberiam o que dizer. E não bateriam nele. Só fingiriam que ele não existe e nunca mais falariam com ele. E teria que morar no quintal da casa. E que ele então passaria a vida inteira em busca de Rebeca. Morando nas ruas. Só podendo voltar para casa quando achasse a irmã. Talvez os pais fingissem que Rebeca nunca tivesse existido. Talvez.

Parou no meio da praça porque viu uma moça andando em sua direção. Ela sorria. E era bonita. Claro que era bonita, era a Rebeca. Mas estava diferente. Diferente e ainda assim era a Rebeca. Era a Rebeca só que grande. Mais velha. Benjamim notou que a moça era mais velha que ele. Benjamim se lembrou de certo dia: Rebeca dizendo que gostaria de ser mãe dele e que cuidaria dele para sempre, só não seria velha porque adultos são muito estranhos. Agora a irmã tinha conseguido. Tinha crescido como naqueles filmes em que se deseja ser grande. Ou, também pensou apalpando a revista em quadrinho no bolso do casaco, que talvez a versão do futuro de Rebeca tinha voltado para avisá-los de alguma coisa. E um frio apertou seu peito.

Ela se aproximou. Sorrindo. Benjamim não esboçou reação. Quanto mais perto mais o coração acelerava. Um trem prestes a descarrilhar. Tinha a certeza de que era Rebeca. Rebeca velha. Ela parou. À distância de um braço. Sorria. Parecia não saber o que faria a partir daquele ponto. Benjamim queria perguntar onde estava sua irmã. Sua irmã versão do presente. Mas a boca não obedecia. Ela esticou o braço e ofereceu um aperto de mãos. Ele demorou, mas pegou a mão da moça, devagar, sem força, com medo. Ela apertou a mão de Benjamim e ele começou a perceber que ela acariciava seus dedos e aquelas carícias causavam um alvoroço quente e estranho no seu corpo. Notando o incômodo ela soltou a mão. Perguntou como ele estava. Benjamim disse cadê você? E, logo em seguida, cadê minha irmã? Ela pareceu não entender ou simplesmente estivesse distraída demais e apenas disse:

Você é tão bonito.

E sorriu um sorriso muito triste que deixou Benjamim mais angustiado e confuso. Era o sorriso que Rebeca dava quando seus pais brigavam e ela não queria demonstrar para o irmão que estava triste.

A moça quis dizer algo. Mas a menina surgiu por detrás de um carro estacionado do outro lado da rua. Gritava alegre que ia vencer. Quando viu a mulher parada de frente ao irmão, estancou. Caminhou em silêncio. Sem tirar os olhos da moça. Analisando a postura estranha dos dois. Aproximou-se sem cumprimentar a estranha. O que era algo que Rebeca nunca faria. Pegou a mão de Benjamim. Apertou com força. Puxou para si. A moça tomou consciência da presença da menina. O rosto daquela garotinha trouxe-lhe lembranças instantâneas da própria infância. Como se olhasse um vídeo antigo e não a cena real.

Rebeca puxou Benjamim que não saiu do lugar. A moça se aproximou mais do rapaz e disse em voz baixa que estaria ali semana que vem e que ele viesse sozinho. Sussurrou resoluta próxima ao ouvido de Benjamim:

Não conta pra ninguém.

Rebeca puxou de novo o irmão e partiram com Benjamim olhando pra trás. Benjamim se vendo tomar distância da irmã ao mesmo tempo em que era arrastado para o lado oposto por ela mesma.

No caminho pediu para a irmã não contar em casa. Foi um pedido débil, inseguro e impreciso. A primeira coisa que Rebeca falou com a mãe foi sobre a moça estranha na praça que queria namorar Benjamim:

Uma moça que parece tanto com Benjamim. Mas tanto mesmo. Que até me deixou assustada.

15. Os olhos de Raquel

Foi uma semana arrastada entre pesadelos. Isabel dormiu pouco. No domingo seguinte não deixou as crianças brincarem na praça. Quando Rebeca perguntou o motivo a mãe nem quis arquitetar desculpa. Apenas liberou sorvete e videogame o dia inteiro. Mas Rebeca já sabia.

Isabel bateu na porta da oficina e quando Saul tirou os fones do ouvido disse que ia sair e mandou o marido tomar conta das crianças. Não disse onde ia nem quando voltava.

Era manhã. Atravessou o portão. Uma imagem atravessou seu cérebro. Uma Carta: A Roda da Fortuna. Na posição correta: *Mudanças, instabilidade e ilusão.* Subiu a rua sem enxergar muito bem o caminho. Casas, carros ou a vizinha que dava bom dia. Não sabia o que procurava. Apenas pressentia um medo indefinido. Uma ansiedade que tornava a respiração difícil.

Avistou a moça. Mesmo de longe a semelhança era impressionante. E quanto mais perto mais aquela mulher se moldava num ente extraviado de sua própria família. O membro indesejado que retorna. Desenterrado. Um elo da História soterrado pelo silêncio.

A moça percebeu Isabel se aproximando. Fechou os olhos. Balançou a cabeça. Censurando a própria ingenuidade por ter acreditado que o menino não contaria sobre ela. E tentou sorrir sem sucesso algum. Também estava com medo. Chegou para o lado. Deu espaço para Isabel sentar-se no banco duro, físico e real de concreto. Uma criança descia pelo escorrego. Duas brincavam no balanço. Mães conversavam sentadas no lado oposto da praça. Um rapaz passou levando na correia um bulldog: olhos meio mortos, úmidos avermelhados.

A moça esfregou as mãos e disse:

Desculpa. Eu sei que não posso aparecer assim.

Isabel engasgou, pigarreou e depois perguntou quem era a mulher.

Eu sei que não poderia estar aqui. Só queria ver o menino um pouco. Saber como ele está – foi a resposta dela. – Meu nome é Raquel – completou. Indecisa se devia dar aquela informação.

Isabel mantinha os olhos num montinho de grama perto dos pés. Não conseguia encarar a moça, o trejeito de inflar as narinas quando estava nervosa era igual ao de Benjamim. Disse que não tinha sido essa a pergunta. Queria saber quem ela era.

Mas agora que eu vi que ele está bem, que está sendo bem tratado, eu não volto mais. Juro. Não quero nada de vocês. Não vou incomodar.

Isabel repetiu a pergunta. A moça pensou se Isabel realmente desejava a resposta. E tudo o mais que ela traria. Encolheu os ombros e ergueu as sobrancelhas deixando os olhos muito dilatados, quase com pena. E foram naqueles olhos de um negror profundamente denso que Isabel enxergou o próprio corpo tremendo. Aqueles olhos. Impossivelmente pretos. Nanquim. Piche. Abismo sem estrelas. Olhos de Benjamim. E entendeu que já sabia quem era a moça. Sim. Sempre soube. Bem lá no fundo de seu poço, já sabia. Mas só naquele momento o peso da indubitabilidade a atingiu. Um aríete no peito.

Benjamim pertencia àquela mulher.

A moça disse mais uma vez:

Eu sei que não posso estar aqui. Desculpa. Só queria saber se ele estava bem. Agora já sei. Não vou voltar. É que eu era tão pequena. Eu não sabia de nada. Só fiz o que o Isaque me mandou.

Isabel voltou a encarar o monte de grama. Percebeu a força que fazia para não gaguejar. Percebeu a força para lembrar que palavras existiam. E que ela poderia agrupar aquelas palavras. De modo a interagir e existir no mundo. E que as palavras poderiam tirá-la do conforto de sua caixa escura à prova de som. Onde construía seus mundos. E trazê-la para o mundo. O Mundo. Invertida: *Fracasso. Insegurança. Desequilíbrio. Submissão ao terreno e carnal. Derrota do espírito.*

Só conseguiu soprar:

Isaque?

Eu lembro de você. De vocês. Chegando no orfanato. Isaque é seu amigo, não é? Isaque é o pai do menino. Do Benjamim. Eu gostei do nome. Quando descobri. Desculpa. Eu era nova. Muito nova. Não sabia de nada. Ele me convenceu a doar o bebê. E ninguém podia saber. Se eu quisesse continuar com Isaque. Se eu quisesse continuar sendo uma mulher livre. Mulher? Eu com quinze anos. E eu gostava dele. Faria qualquer coisa que ele pedisse. Você não sabe como ele é. Me desculpa – as palavras pediam mais palavras e um dique antigo dentro de Raquel se rompeu inundando a necessidade seca de um sentido externo, de ouvir a própria voz sendo ouvida por outra pessoa.

Isabel levou as duas mãos aos olhos e aos ouvidos, mas aquela água turva densa e escorregadia encontrava caminho entre as fissuras alagando os canais auriculares e o cérebro com todas as palavras de que ela nunca quis ter conhecimento. Todo o verbo que ela não queria conceber. Mas conheceu.

Raquel continuou:

Isaque garantiu que o menino seria bem-criado. Dizia que conhecia os pais adotivos. Que a mãe adotiva precisava. Era como se ele te conhecesse tão bem. Hoje percebo que havia quase um desespero, como se ele quisesse reparar uma dívida com você. Hoje eu penso que você também foi vítima dele, como eu. É a única explicação. Me desculpa. Eu falo demais.

Isabel não parava de tremer. A alma liquefeita. O corpo não lhe pertencia. O corpo de Isabel reconhecendo a verdade que Isabel rejeitava. Sabia e não sabia. Ao mesmo tempo. Os últimos diques resistindo à inundação. A moça se aproximou e passou um braço pelas costas de Isabel com receio de tocá-la. Com receio de intensificar ao insuportável o chacoalhar daquele corpo frágil. Ainda assim pousou a outra mão sobre a mão de Isabel e percebendo que a mulher não oferecia resistência apertou com força aquela mão e apertou com um afeto sincero. Lágrimas não escorreram dos olhos de Isabel. O rosto ressecado tremia, porém mantinha-se ausente de qualquer expressão. Geografia de deserto de areia.

Isabel olhou. De novo.

Os olhos. De Raquel. Eram os mesmos olhos escuros de Benjamim. Os mesmos de Rebeca. A linhagem.

Aqueles olhos aprisionavam Isabel. Cada uma das íris. Aquele abismo convidava ao mergulho. E o corpo de Isabel se entregou. Todas as represas romperam-se. Entendeu. Finalmente entendeu. As origens torpes dos seres que ela criava. Isabel viu. Aquela moça. Ela era mais dona de Benjamim do que Isabel jamais teria permissão para ser. Isabel enxergou. Isabel conheceu. Isabel concebeu. A praga espalhada pelo chão poeirento da casa. A herança de escuridão onde era um dos elos. Tudo o que ela não queria saber. Tudo o que ela sempre soube. A culpa que fingia não carregar. Que fingiu tão bem não cultivar no próprio ventre. A chave dos pesadelos recorrentes nos quais comia a própria mão. Aquela era uma linhagem amaldiçoada e Isabel foi quem lançou a maldição. Fantoche e titereiro num teatro do absurdo. Os olhos da moça Raquel traziam a verdade e a desgraça.

Raquel: mãe de Benjamim e avó de Rebeca, foi o que Isabel sentiu o cérebro pensar.

A verdade que Isabel enterrou de si mesma. Sob pilhas de remédios. Sob montanhas de ressentimento. Sob uma avalanche de culpa. Sob travesseiros de silêncio. Aquela noite quando Benjamim apanhou na rua. Quando Isabel descobriu as traições de Saul. Quando Saul dormiu na oficina. Quando ela descobriu que Saul sempre tinha sido estéril e continuava sendo. Quando Isabel tomou doses tão fortes de remédios que a fizeram apagar a consciência, que a fizeram acreditar que era o peso do corpo de Isaque deformando o colchão, mas que agora ela percebia que não era, descobria que era o corpo do filho dele.

Aquele ato que retornava como um pesadelo noite sim noite não. Ele realmente ocorreu. O ato que desgraçou ela própria, Benjamim, Saul e Rebeca. Todos. Nenhuma Carta poderia amparar Isabel.

16. O silêncio de Isabel

Quando Isabel voltou para casa já era noite. Não havia atendido o celular. Saul, Benjamim e a filha aguardavam no portão. Isabel nada disse. Não diria uma só palavra nos próximos 72 dias. E depois desse dia não falaria mais. Para sempre.

Saul não insistiu. Ela agora estava de volta e era isso que importava. Pediu para as crianças não fazerem perguntas. Principalmente Rebeca. A mãe deles precisava descansar. Do que quer que tivesse acontecido.

Isabel não tomou banho. Entrou no quarto. Deitou na cama. Não tomaria seu coquetel. Nunca mais. Virou para a parede e fechou os olhos. Saul se aproximou sem se sentar. Notou que havia marcas nas palmas das mãos da esposa. Quatro marcas, das quatro unhas de seus quatro dedos. Profundas. Chagas.

No sonho ela mastigava os próprios dedos. Despertou com a mão entre os dentes.

17. As Tímidas

Benjamim terminava seu dia de aula. Aguardava a saída da irmã. Sempre. Vinham de mãos dadas. Ele beirando a rua e ela no lado dos muros. Rebeca caminhava arrastando a mão pelas superfícies. Muro de concreto. Muro liso. Muro de chapisco. Portões de madeira. Portões de metal. O espaço entre muros e portões. Um cão latiu e avançou sobre o portão. Rebeca pulou o corpo para o lado. O coração disparado e um sorriso de constrangimento. Benjamim deixou escapar um pedaço de grito entre preocupado e raivoso:

Já falei pra não fazer isso! – Benjamim protegeria Rebeca. Nunca deixaria nada de mau ocorrer à irmã. Nunca. Nem seus pais a machucariam. Ninguém. Jamais.

Rebeca retrucou que não foi nada. Mas era impossível acalmar Benjamim.

Qual o nome do lugar para onde o Brutus foi? – Rebeca de repente foi assaltada por uma saudade imensa de seu cão. Benjamim talvez tenha ouvido. Mas preferiu alertar a irmã para andar mais devagar.

Ela insistiu na pergunta.

Dessa vez Benjamim não respondeu. Deliberadamente. Rebeca

notou o embaraço do irmão, começou a cantar uma música que inventou na hora. Cuidado com a rua, ele disse sem a menor necessidade. Dessa vez foi Rebeca quem ignorou e ela parou de cantar e os dois ficaram em silêncio.

Era preciso dar uma volta maior para chegar à calçada de terra onde cresciam as Dormideiras, mas Benjamim nunca dizia não para a irmã. Rebeca deslizava as pontas dos dedos por sobre as folhas. Sempre com muito cuidado. Não queria bancar a mal-educada. E as folhas se fechavam sobre si. Entendia que toda pessoa faz isso de vez em quando. Esse movimento de asas fechando sobre o corpo. De mãos sobre o rosto. E de pálpebras cerradas. Benjamim chamava de Dormideiras, mas Rebeca preferia Tímidas. Ela intuía. Aquilo não era sono. Apesar do sono também proteger um corpo que não suporta mais a existência. Era autopreservação. Aquilo era medo. Elas viravam o rosto fugindo de Rebeca mesmo sabendo que a menina nada faria para machucá-las. Isso deixava Rebeca triste. Isso fazia Rebeca continuar voltando.

Mas havia outra razão. Retornava porque elas interagiam.

Benjamim tinha falado sobre as plantas carnívoras. Mas Rebeca não quis saber delas. Não era essa a interação que Rebeca esperava dos seres do mundo. As Tímidas viravam o rosto e não queriam conversa, mas faziam com delicadeza, quase com vergonha. Mesmo no silêncio respondiam à nossa existência. Mostravam que nos enxergavam. E que estamos vivos.

Foi nesse dia frio de sol. Depois de Rebeca fazer dormir todas as plantas. Choveu sem aviso. Nem mesmo o sol fugiu e a água da chuva parecia cair direto do céu azul. Um arco-íris se estabeleceria atrás do morro, ao fundo, lembrança de uma aliança antiga e precária. Benjamim tirou o casaco de moletom e protegeu a cabeça de Rebeca. Pegou a irmã no colo mesmo contra a vontade dela. Preocupava-se com Rebeca gripar. Os apelos para ser colocada no chão eram ignorados. Benjamim apertava com o braço as pernas da irmã. A pele cheia de pelos de seu antebraço roçando na pele frágil de Rebeca. Sua mão esquerda protegendo o rosto da irmã contra os pingos grossos. Seus dedos tocando os cabelos que começavam a embaraçar molhados. Seu nariz respirando o perfume natural da irmã, da pele e dos cabelos, tudo misturado. Enquanto Rebeca tentava olhar o mundo lá atrás, Benjamim baixava a cabeça levemente sobre seu ombro, tentando protegê-la de todo e qualquer mal. Rebeca via o mundo lá no fundo subir e descer sacolejando por sobre o ombro do irmão. Então tudo saiu de eixo e a rua lá no fundo começou a descer e depois era apenas o céu que enxergava enquanto seu irmão caía de encontro ao chão de asfalto levando-a junto.

Se entrassem pela porta dos fundos a mãe não veria os cotovelos de Rebeca por onde escorria sangue. Os dois cotovelos. Abriram a porta. A casa, um acúmulo de poeira. Pelo chão. Por todos os cantos. Por cima de tudo. Deserto.

Se você tivesse ficado parada a gente não teria caído.

Você que correu igual maluco.

Fala baixo.

Isabel talvez tenha ouvido a porta dos fundos se abrindo. As crianças nunca saberiam. Ainda que tivesse ouvido não se importaria. Há semanas dormia o dia inteiro. Saía do quarto apenas para ir ao banheiro. Passavam-se dias sem que Rebeca visse a mãe. Benjamim cozinhava para a menina. Apenas para ela.

Saul às vezes pegava os restos dos filhos. Na maioria das vezes comprava comida em caixas. Rebeca se esforçou para lembrar da última vez que viu a mãe mastigando alguma coisa. Talvez ela se esgueirasse na madrugada e pilhasse restos da geladeira. Rebeca sabia: era improvável que a mãe estivesse aguardando os dois para dar bronca sobre cotovelos ralados. Não conseguia entender a paranoia do irmão. Mesmo se esbarrassem com a mãe ela não veria os machucados de Rebeca. E mesmo se visse, não notaria. E mesmo se notasse, fingiria que não havia notado. Não. Fingir não era o termo adequado. De alguma forma a mãe havia se limitado a apreender apenas o básico para a subsistência. Há tempos tinha se tornado um fantasma pela casa. Rebeca sabia disso sem precisar que ninguém falasse. E ela sabia que ninguém iria falar. Isso a deixava triste e com raiva. Estamos sozinhos, ela disse e Benjamim não respondeu.

Entraram no banheiro. Duas baratas mortas ao lado do ralo. De patas para o alto. Formigas desmantelavam o corpo de uma. Numa trilha levavam partes. Papel higiênico transbordava da lata de lixo. Acumulados sujos por cima da tampa e no chão. Benjamim fechou a porta girando a tranca duas vezes. Limpou os cotovelos da irmã com papel higiênico. Lavou com as mãos úmidas de água da torneira. Passou sabonete com movimentos rápidos que tentavam ser delicados e depois enxaguou com as mãos molhadas. Com lenço umedecido tentou estancar o sangue. Ajoelhado, o irmão ficava de sua altura. Rebeca podia reparar cada espinha protuberante na testa e nas bochechas de Benjamim, pústulas amareladas cercadas por vermelhidão. No espelho do armário, Rebeca observava o topo da cabeça. Bem no centro havia um redemoinho onde os pelos começavam a rarear. Um rapaz de dezessete anos se arrastando para a calvície.

Em momento algum Rebeca chorou. Nem mesmo fez cara feia. Reparava com atenção nos gestos do irmão. No cuidado. E na apreensão do rosto marcado por traços de urgência que deixariam rugas. Não foram cortes profundos, mas o suficiente para criar perguntas do pai. Um pai quase tão fantasma quanto a mãe. Combinaram: ela diria que caiu na escola. Rebeca não queria concordar com a mentira desnecessária. Mas quando Benjamim prometeu contar para qual sítio Brutus foi levado, Rebeca vendeu suas convicções. Mesmo desconfiando que ele não sabia.

18. A merisma

Dia 36. Contados do encontro com a moça. 36 dias do silêncio de Isabel. Usava a mesma roupa já larga no corpo seco. Saul trazia comida. Sopa. E às vezes conseguia dar de comer na boca da mulher. Uma mulher ainda mais estranha a ele do que aquela com a qual casou.

Certos dias Isabel tinha pena de Saul. Naquele, jogou o prato quente sobre o marido. A sopa queimou o rosto e sujou sua roupa e o prato de cerâmica esmaltada se espatifou em seis grandes cacos no chão que Saul observou por um tempo longo demais se perguntando se poderiam ser colados. Catou os cacos. Apertando na pele calejada da mão o fio incisivo da cerâmica rachada.

Foi num esforço além de suas forças. Força que não imaginou ter. Quis saber o que estava acontecendo. Perguntou de forma direta:

O que aconteceu?

E também:

O que eu posso fazer pra te ajudar?

Ela não respondeu.

E como suas últimas forças se dissiparam nas perguntas, Saul deixou os cacos caírem de volta ao chão. Deixou o rosto molhado de sopa. E deixou as roupas molhadas de sopa. Suas forças levaram junto sua raiva. E a raiva levou também a confusão. Ficaram apenas os cacos de tristeza. Espalhados no piso. E assim, depois de um mês, conseguiu pensar com nitidez. Não era nem um pensamento. Era apenas certeza. Como quem finalmente desiste.

Saul começou a tirar suas roupas do armário. Jogava uma a uma no chão, empilhando-as. Não eram muitas. Pegou a mochila. Colocou-a sobre a cama. Dobrou as roupas. Uma a uma. Camisas, calças, cuecas e meias. Guardou devagar dentro da mochila de modo a caber tudo. Parecia querer alargar o tempo. Tirou um tênis e um sapato da gaveta e colocou-os em uma sacola de supermercado. Abriu a gaveta da mesinha de cabeceira e verificou se precisaria de mais algum documento. Decidiu que não. Antes de colocar a mochila nas costas sentou-se na beirada da cama.

Esperou.

Perguntou mais uma vez o que estava acontecendo. O que ele poderia fazer para ajudar. Mas já eram palavras mecânicas. Ensaiadas. Vazias de propósito. Mais ainda que todas as anteriores. Como ela não respondia, ele gritou. Não bem um grito. Um urro. Muito grave e profundo. Como um animal tentando sobreviver. O rosto inchando sangue. Os olhos querendo fugir das órbitas.

Esperou.

Colocou a mochila nas costas. Tirou a mochila. Colocou-a sobre os pés. Puxou a sacola com sapatos para perto de si. Não conseguiu encarar Isabel. Pediu para ela dizer alguma coisa e repetiu sem forças: qualquer coisa. Isabel teria chorado, mas estava desidratada. Não se moveu.

Saul levantou-se e perguntou se ela queria que ele fosse embora. Isabel virou o corpo e olhou na direção do marido. Seu rosto respondeu que sim. Saul entendeu e sentiu um alívio profundo.

As crianças estavam no corredor. No vão entre o corredor e a cozinha. Assustaram-se quando Saul apareceu na porta. Dois coelhos que não conseguiam se mexer de medo. Saul mandou os filhos arrumarem as mochilas.

Ajuda tua irmã.

As crianças permaneceram estáticas. Ouviam uma língua extraterrestre. Saul repetiu a ordem. E foi quando Isabel apareceu na porta do quarto. Trôpega. Caminhou até Rebeca. Pegou nos ombros da menina e a conduziu para o quarto. Fechou a porta. A menina não esboçou reação. Não conseguia compreender os fatos que se sucediam estranhos um após o outro. Violências mudas impermeáveis ao entendimento. Saul se espantou com a atitude, cambaleante e ainda assim decidida, como se Isabel tivesse pensado naquilo durante a vida inteira. Ele entendeu a lógica da divisão. Perante aquela lógica Isabel e ele eram a mesma pessoa. Bateu na porta do quarto com a mão fechada. A porta golpeou na parede. A maçaneta arrancando um lasco de concreto. Rebeca se encolheu. Isabel laçou os braços em volta da filha. Como garras. Olhos em desalinho. Perdidos. Benjamim atrás de Saul. No corredor. Quieto. Assustado. Saul deu um passo para dentro do quarto. Isabel apertou Rebeca com mais força. A menina encolhida não queria estar ali. Seus olhos confusos. O corpo lutando contra aquele corpo que lhe apertava, machucava. Era uma luta silenciosa. Desesperançada. Saul com olhar gritava que levaria Rebeca. Isabel assustada. Benjamim olhando tudo, sem nada dizer. Rebeca começou a chorar. Muito fino. Muito assustado. Saul pegou no braço frágil de Rebeca. E a menina desmaiou. E Benjamim invadiu o quarto. E Isabel não teve forças para levantar o corpo da menina. E Saul e Benjamim pegaram aquele corpo mole ao mesmo tempo e colocaram a menina sobre a cama. Isabel assoprava o rosto da menina. Saul sumiu e apareceu com um copo d'água tão rápido que ninguém notou.

Rebeca voltava a abrir os olhos. Tonta. Enjoada. Benjamim beijava as mãos da menina. Como quem beija as mãos de uma pequena Santa desfalecida.

Saul se afastou daquela cena.

No centro do quarto com a mochila nas costas.

Você sabe que não tem condições de ficar com eles – disse eles, mesmo sabendo que Isabel só queria Rebeca. Soube muito bem disso escrito em letras claras nos olhos da mulher. Apontou o corpo esquálido sob a camisa larga. – Não tem condições.

Isabel dava de beber a Rebeca. Como quem dá a um pássaro recém-nascido.

Saul esperou.

Saul olhou com pena para Benjamim. Assim como ele, também não era capaz de entender o que estava acontecendo. Não queria lutar. Não tinha forças para lutar. Benjamim saiu do quarto. Saul acompanhou o menino pelo corredor. Até o quarto das crianças. Benjamim começou a arrumar sua mochila. Saul não soube o que dizer. Não tinha mais forças para falar.

Uma parte de Saul não queria pensar sobre a divisão. Não naquele momento. Era apenas uma divisão. Merisma. Como divisão de bens. No entanto, teriam que passar por aquilo. De um jeito ou de outro. E era bom que Isabel decidisse por ele e o poupasse do trabalho.

Saul pediu para Benjamim se despedir de Rebeca. Ele abraçou a menina deitada na cama. Ela apertou o pescoço do irmão. Sufocando. Derramando lágrimas intermináveis. Benjamim só conseguiu se levantar levando Rebeca junto. Braços agarrados ao pescoço e pernas enlaçadas na cintura. E quando conseguiu se desvencilhar ela perseguiu o irmão pelo quarto até o corredor. E quando Isabel tentou ir atrás da filha, Saul pediu um tempo para os dois. E Benjamim e Rebeca se despediram pelo corredor afora e pela sala até o portão do quintal da casa.

Isabel e Saul no quarto.

O rosto de Saul ressaltava relevos escuros. Ele disse:

Rebeca fica agora. Mas você vai ter que provar que consegue cuidar dela. Como eu sei que você não consegue, vou começar o processo pela guarda hoje mesmo.

DEPOIS:

19. O jantar

36 dias depois.

Quando Saul e Benjamim chegaram o jantar estava quase pronto. Rebeca abriu a porta. O espaço entre os dois não se dissolveu facilmente. Ela encarava Benjamim. Saul logo atrás. Talvez fosse a presença do pai. Talvez fosse a panela de pressão apitando no fundo da casa. Lembrando a mãe. Fazendo Rebeca pensar que Isabel estaria vigiando através do corredor escuro. Tentou apreender Benjamim com um conjunto de olhares rápidos. A roupa, calça jeans, camisa branca, tênis All Star, o cabelo era o mesmo, o rosto sem expressão era o mesmo. Procurava por alguma mudança, mas tudo indicava o contrário. Saul deu passos à frente e abaixou-se beijando a cabeça da menina. Ela não se mexeu. Sorriu em anuência. Benjamim entrou na sala e abraçou Rebeca. Um abraço burocrático. Tateavam no escuro. Então foi Rebeca quem primeiro falou:

Eu peguei dormideiras hoje de manhã. Quer ver?

E estendeu a mão e levou o irmão.

Isabel vestia o casaco de moletom cinza. Esticou a mão. Saul respondeu apertando a mão da mulher. Ela apontou o sofá indicando que Saul sentasse. Voltou para a cozinha.

No quarto:

Como tá lá só com papai?

Silencioso – Benjamim respondeu.

Rebeca soltou uma risada. Não era a reação que o irmão esperava.

Não fica chateado. Por favor.

Não tô.

Mamãe continua sem falar.

Benjamim desviou o rosto. Deu de ombros.

Eu gosto de silêncio – ele disse.

Rebeca não gostava, mas tinha aprendido que reclamar não mudaria nada.

Ela tomou banho, arrumou a casa e decidiu comer.

Hum.

Não precisa odiar a mamãe. Ela me ajuda com o dever de casa.

Você tá ficando igual a ela.

Por que você tá me odiando também?

Não te odeio. Nem odeio a Isabel. Nem penso nela.

Por que você tá falando assim?

Nada.

Mamãe também gosta muito de você, não adianta...

Foi ela quem separou a gente.

Rebeca não acreditou. Quis ouvir como o irmão sabia daquilo. Benjamim não respondeu. Ela perguntou se foi o pai quem disse. Benjamim continuou quieto.

Você parece com os dois – Rebeca disse –, nunca responde nada.

Ele fechou o rosto. Rebeca falou que o pai era um mentiroso e Benjamim não devia acreditar nele. Por exemplo, a história de o Brutus ter ido para um sítio era mentira. O Brutus tinha morrido. Benjamim se levantou, os olhos de repente vermelhos. Quis dizer que a irmã que era mentirosa, mas preferiu não brigar.

Permaneceram um bom tempo em silêncio. Benjamim deu uma volta no quarto olhando para nada em especial. Rebeca quis saber se um dia eles voltariam a morar juntos. Benjamim encolheu os ombros com força. Ela perguntou se ele queria.

Nós quatro? – ele quis saber.

Rebeca ficou pensando.

Quando eu fizer dezoito anos a gente pode ir morar juntos, só nós dois?

Benjamim não respondeu.

Você pode arrumar um emprego – ela disse.

Pode ser – ele disse olhando para o ventilador de teto. Mas explicou que o pai precisava dele. Saul não cozinhava. Era Benjamim quem preparava as refeições e limpava a casa. Rebeca riu e disse que não acreditava naquilo. Benjamim perguntou o que a mãe tinha preparado, ele estava com saudade da comida da mãe. Era mentira, só queria mudar de assunto.

Saul atravessou a cozinha pedindo licença. Precisava pegar uns documentos na oficina. Apenas desculpa. Queria saber se encontrava vestígios de outro homem. Nos pesadelos dos últimos trinta dias Isaque tinha ido morar na casa. Voltou da oficina e na cozinha tocava Beethoven. Elogiou o cheiro da comida. Isabel não ouviu. Ele perguntou como estavam as coisas e ela balançou a cabeça para indicar que estava tudo bem.

Você voltou a escrever pro site. Eu vi. Isso é muito bom.

Isabel agradeceu com outro abano de cabeça. Tinha mandado textos antigos, mas ninguém precisava saber.

Você está precisando de alguma coisa? Eu queria dizer que... Eu queria dizer que vou te apoiar no que você decidir.

Isabel virou-se pela primeira vez para Saul e distraiu-se por alguns instantes então acordou de um cochilo leve da mente e sorriu só com os lábios indicando que estava tudo bem. Depois virou-se novamente e abriu a panela e pegou um pote de tempero avermelhado que Saul julgou ser páprica e depois acrescentou mais dois que ele não conseguiu identificar. O ensopado começou a cheirar forte. Saul teve dificuldade em decidir se gostava do cheiro. Parecia bom, apenas picante demais. E Isabel nem gostava de pimenta.

Saul desabotoou as mangas da camisa. Relaxou na cadeira. Tentava entender o perfume dos temperos enquanto absorvia Beethoven. Fechou os olhos. Esperava algum tipo cansativo e interminável de discussão. Um que talvez terminasse por Isabel propondo o retorno do casal. Mas pelo visto a ex-esposa se demonstraria muito mais madura do que ele poderia sonhar. Começou a imaginar a assinatura amigável do divórcio. Os dias de silêncio no apartamento tinham sido os melhores de sua vida. Só ele, Benjamim, Beethoven e os montes de quinquilharias que já tinha acumulado após desmontar meia dúzia de eletrodomésticos. Não mais Santos na parede julgando seus momentos de refeição. É claro, havia a guerra pela guarda de Rebeca. Mas não queria pensar naquilo. Não no momento. Melhor que Isabel ficasse com a sensação de que ele estava disposto a acertos amigáveis. Para depois atacar de surpresa.

Isabel levou as panelas para a mesa. Saul ajudou a arrumar pratos, talheres, copos e a jarra grande de vidro com água gelada escorrendo suor pela superfície lisa e transparente. Ele preferia um suco ou um vinho, mas não disse. Isabel foi chamar as crianças e Saul a observou enquanto ela se afastava de costas. Magra. O corpo sumindo dentro do casaco cinza de moletom que pertencia a Benjamim.

Na volta, Isabel entrou em seu quarto e encostou a porta.

As crianças se juntaram a Saul à mesa. Serviram-se do ensopado de peixe avermelhado de cheiro intenso, pirão e arroz. Não pegaram salada. Queriam dar a primeira garfada, mas Saul pediu que esperassem pela mãe. Esperaram. Ela não veio. Então, Rebeca, sem aguardar pela ordem do pai, levantou-se. Dirigiu-se ao quarto de Isabel.

Isabel sentada na ponta da cama que dividiu com Saul por quase duas décadas. Encaixou o dedo no dispositivo do gatilho. Os dedos doíam. As mãos doíam. Marcas profundas de dentes e noites mal dormidas. Nunca tinha apertado um gatilho. Teve medo de não ter forças. Não a força de vontade necessária, mas a força física mesmo. Imaginou-se como naqueles pesadelos onde queremos caminhar, mas as pernas não obedecem. O metal era gelado. Isabel fechou todos os dedos e a palma da mão comprimindo o revólver até sentir que seu calor tinha sido transferido para o metal. A arma era pesada. Não se lembrava de ser tão pesada. Não lembrava de ter sentido tanto peso na primeira vez que a teve nas mãos.

Naquele dia Isaque entregou a arma de forma muito casual, sem muitas perguntas. Só avisou que era mais perigoso ter a arma do que não ter. E pediu para que Isabel fizesse algumas aulas de tiro. Ela abanou a cabeça em positivo. Já tinha escrito por e-mail: só queria a arma para assustar Saul. Saul que vinha fazendo ameaças. E Isabel apontou os olhos para a perna direita de Isaque, ainda manca depois de Saul tê-la quebrado com a barra de ferro. Isaque tinha um olhar muito sério, quase teatral, quando pediu para Isabel não atirar no ex-marido. Iria desgraçar a vida dela e a vida dos filhos. E Isabel quase engasga num riso nervoso e devolve o olhar sério, quase solene, quase cinematográfico e coloca a mão sobre a mão de Isaque e comanda seus músculos do rosto para transmitir confiança e responder com um olhar muito convincente que obedeceria ao pedido de Isaque. Não ia atirar em Saul.

Isabel quis contar que havia conhecido Raquel. Não contou. Queria dizer que Raquel era uma boa pessoa e que quem sabe um dia ela conseguisse se acertar na vida. Não disse. Talvez ela nem fosse uma boa pessoa. Ninguém é. E não, definitivamente ela não conseguiria se acertar na vida. Ninguém consegue.

Não se despediu. Apenas encarou Isaque sem expressão alguma no rosto e virou-se e entrou no carro e saiu. Satisfeita consigo mesma porque nunca mais veria aquele homem. Mas aquele homem se lembraria dela para sempre.

Como Rebeca demorava a voltar com a mãe, Saul chamou. Elas não responderam. Saul chamou de novo e antes que ele terminasse a frase, elas apareceram, de mãos dadas. Acomodaram-se à mesa de madeira fraca. Incerta e frágil. Dos quatro nenhum sentou à cabeceira. Benjamim de dezessete anos à frente de Isabel. Rebeca de quatro anos à esquerda da mãe. Saul em transversal.

Jantaram em silêncio. Ao som de Beethoven.

Isabel terminou a pouca refeição e cruzou garfo e faca sobre o prato. Levantou-se então. Os olhos dos três a acompanharam. Ela não tinha se programado para dizer aquilo. Nunca nem pensou nessa possibilidade. Nem remotamente. Mas quando ouviu as palavras que saíam de sua boca seca, notou que tinha preparado o jantar unicamente para aquilo. O que ela disse, ao empurrar a cadeira para trás e ficar de pé, se esforçando para não gritar, palavras esganiçadas libertando a garganta com farpas de arame, foi:

– Benjamim, você foi adotado – e repetiu: – Você é adotado.

E retirou a arma do bolso. Do casaco cinza de moletom. E ergueu a arma em direção à própria têmpora.

Benjamim ouve seu nome. Vê a arma na mão de Isabel. Ergue-se brusco empurrando a mesa. Mesa intransponível. E a mesa atinge a barriga seca de Isabel e a mesa desequilibra Isabel e a jarra de água tomba e se espatifa em cacos no tampo de madeira tosca que um dia foi uma árvore e o estrondo do espatifar do vidro se junta ao estridor da explosão do disparo da arma.

Água gelada e translúcida carregando estilhaços de vidro escorreu para todos os lados até o chão, deslizando e molhando os pés dos que ali estavam reunidos em nome da mãe do pai e dos filhos.

20. O enterro

Chovia muito fino e os sapatos ficavam sujos de poeira úmida e os mosquitos rodeavam toda parte. Saul mal reconhecia os rostos que se aproximavam. Todos iguais. A mesma máscara gelatinosa de piedade e choque. Sentado numa cadeira dura de madeira no canto da sala funerária se deu conta da dor nas pernas nos braços nas costas. Não se mexeu desde então e a dor parecia ter sumido. Então tentou se concentrar nela para que sentisse que estava sentindo alguma coisa. E toda vez que alguém se aproximava e se abaixava para falar próximo de seu rosto com aquele mesmo tom de voz baixo e condescendente ele se desconcentrava e a dor no corpo sumia. Precisava daquela dor, então parou de responder às pessoas. Mantinha os olhos abertos. De olhos fechados a cena do jantar cismava em se repetir. Incessantemente. Então segurava os olhos arregalados. Mas os olhos não viam nada. O mundo todo era um borrão. Um zumbido constante ressoando dentro do ouvido. Repetiu mais uma vez a lista de providências: atos burocráticos sobre o funeral e sobre o enterro de que o agente funerário já tinha dado conta, mas que Saul insistia em supervisionar e rever para que nada saísse do controle. A certidão de nascimento dela estava com ele. O contrato da funerária. O recibo do caixão mais caro. Mogno. Madeira de Lei. O recibo da coroa de flores. Perfumadas. Bonitas. Precisava sentir a textura dos papéis roçando os dedos. Sentir a materialidade das coisas. Certificar-se de que estava tudo sob controle. De que nada faltaria.

Tinham dado suco de maracujá para Benjamim. Mas é claro que não funcionou. Alguém apareceu com Rivotril que foi esfarelado e diluído na bebida. Foram necessários três comprimidos. Benjamim não cessou o choro, mas já não gritava. Seus olhos injetados carregavam uma mistura de desespero e dor que se esvaeceria, mas nunca se apagaria. Seus braços restavam moles e estendidos sobre o pequeno caixão branco. Na mão direita ele segurava o casaco cinza de moletom. Casaco que a irmã nunca mais vestiria.

Queria vestir o casaco em Rebeca.

Mas ninguém deixava.

A irmã devia estar com frio.

Lá dentro.

Dormindo?

Rebeca sem poder falar. Naquela caixa de madeira. Madeira intransponível. Caixa sem saída para respirar. Caixa anecoica definitiva.

21. O pedido

Isabel despertou do coquetel de Tramadol, Ibuprofeno e Fentanil. A alma fazia um esforço débil, quase contra a própria vontade, de se desatolar do lamaçal e voltar a preencher o corpo. Os olhos dopados de Isabel desanuviaram Saul. Sentado numa poltrona de frente para ela. Havia um diminuto som de televisão se embaralhando a vozes sussurradas. Confundiam-se por detrás de cortinas de um azul transparente. A parede era bege muito claro e o teto, branco encardido. Estava deitada numa cama cercada por estruturas metálicas. Entendeu que estava em um hospital. E entendeu que estava viva. E entendeu que não conseguia falar. Não sentia o rosto. Ergueu a mão fraca para tocar a boca. Saul se levantou num susto. Pegou a mão da mulher com gentileza enquanto balançava a cabeça em negativo. Ela tentou erguer a outra mão e ele a impediu de novo. Saul pediu para Isabel não se esforçar. Só relaxou quando ela indicou que obedeceria. Ele arrastou a poltrona e sentou-se próximo.

Isabel fechou os olhos com dificuldade. Mal conseguia coordenar as pálpebras. As lembranças emergiram à força. Arrastavam-se do fundo da cabeça. Sabia que estava chorando, mas não sentia as lágrimas escorrendo porque não conseguia sentir o rosto. Tentou evitar Saul. Ruminava uma raiva dolorosa e aguda pela descoberta de não ter conseguido se matar. Era o ser mais patético que conhecia.

Passou-se algum tempo incerto. Talvez tenha dormido. Isabel não tinha certeza. Tentou achar alguma superfície espelhada onde pudesse se ver. Não encontrou. Moveu a mão, pedindo uma caneta. Saul repetiu as ordens médicas de repouso total. Isabel insistiu mexendo a cabeça de um lado para o outro. E ainda não conseguia sentir o rosto. Parecia ter um buraco negro no lugar da face.

Saul trouxe caneta e papel. Isabel escreveu os nomes de Rebeca e Benjamim. Saul insistindo que ela precisava descansar. Isabel balançou o pedaço de papel onde em letras trêmulas havia escrito os nomes dos filhos. Saul dizendo que ela não precisava se preocupar, estava tudo sob controle. Isabel chacoalhou o bilhete e a cabeça. Saul argumentando que não quis expor as crianças ao ambiente hospitalar. Isabel estacou. Então pegou a caneta novamente e rabiscou:

O que aconteceu?

Saul não entendeu o que ela queria saber exatamente. Ou não quis entender. Isabel apontou com a caneta para o próprio rosto. Saul levantou da poltrona.

Aproximou-se dela. Seu semblante mal dissimulando o pavor de ver o rosto da mulher.

O que Saul deveria dizer?

A verdade?

O quanto dela?

O que isso ajudaria em alguma coisa depois do ponto que haviam atingido?

Saul devia contar que, na noite do jantar com o susto da revelação de Isabel de que Benjamim era adotado, e com o susto da visão da arma na mão da mãe, Benjamim empurrou a mesa e a mesa empurrou Isabel que se desequilibrou e atirou contra o próprio rosto e que o projétil acabou atravessando suas duas bochechas, decepando sua língua e que esse mesmo projétil atingiu Rebeca, tirando a vida da filha deles?

Ele realmente deveria contar aquilo?

Mas deveria contar *naquele* momento?

Ou aguardar um momento melhor?

Haveria momento para aquele tipo de notícia?

Saul permanecia de pé. Nada dizia. E nenhum dos músculos do rosto pareciam se mover. Isabel então começa a sacudir o papel onde tinha anotado os nomes dos filhos e Isabel começa a sentir o efeito da anestesia se desfazendo e Isabel começa a emitir grunhidos de dor que fazem os familiares dos pacientes vizinhos aparecerem na divisa da cortina azul-claro e cercado pelos olhares de estranhos e tomado pelo constrangimento Saul se aproxima de Isabel e coloca o dedo indicador sobre os lábios e implora para que a esposa faça silêncio.

Aquele movimento fez Isabel parar de grunhir. Não pelo pedido do marido. Mas porque se lembrou da última vez em que ela própria emitiu aquele mesmo sinal. Foi para sua filha:

Isabel estava sentada na quina da cama e sentia o peso da arma em suas mãos de dedos finos quando a filha entrou no quarto. Rebeca viu a arma na mão da mãe. Isabel não se levantou. Nem pulou de susto. Apenas colocou a arma sobre o colchão e fez aquele mesmo sinal: colocou o dedo indicador em riste por sobre os lábios e emitiu o som do silêncio enquanto se esforçava para transformar o rosto num sorriso de cumplicidade que dizia: Não conta pra ninguém. E de alguma forma funcionou. Rebeca abanou a cabeça em obediência e sentou-se ao lado da mãe.

Nunca consegui me lembrar o que fui fazer naquele shopping. Sei que estava na praça de alimentação quando duas mulheres sentaram na mesa ao lado. Foi impossível não ouvir a conversa. Um amigo delas havia convidado a ex-esposa e as duas filhas para jantar. No meio da refeição ele puxou um revólver e se matou. Na frente da família. Isso tem mais de vinte anos, mas nunca fui capaz de esquecer essa história. Por que alguém faz isso? E por que a necessidade de uma plateia, no caso, a própria família? Na frente das filhas! Que espécie de desespero desencadeia um ato desses? Alimentado por quais culpas? E quanto ódio é necessário para submeter as pessoas mais próximas à essa experiência? O quão passivo-agressivo alguém pode ser? De que material era feito o silêncio que constituía aquela família?

O demônio dessas dúvidas me perseguiu por esses vinte anos.

Foi o tempo para construir, não uma tese psicológica, mas uma estória relevante e verossímil. Uma que não se valesse da curiosidade mórbida suscitada pelo ato assombroso, mas que oferecesse um mergulho que retorna, não com respostas, mas com uma unidade de símbolos, um fósforo acesso numa casa onde a luz acabou.

Mesmo depois do livro pronto o demônio continuou me perseguindo. Agora, entrego esse demônio a vocês.

Esta obra foi composta em Adobe Caslon Pro,
em abril de 2025 para a Editora Patuá.